槍ヶ岳 殺人山行

梓　林太郎

Azusa Rintaro

文芸社文庫

目次

槍ヶ岳周辺図

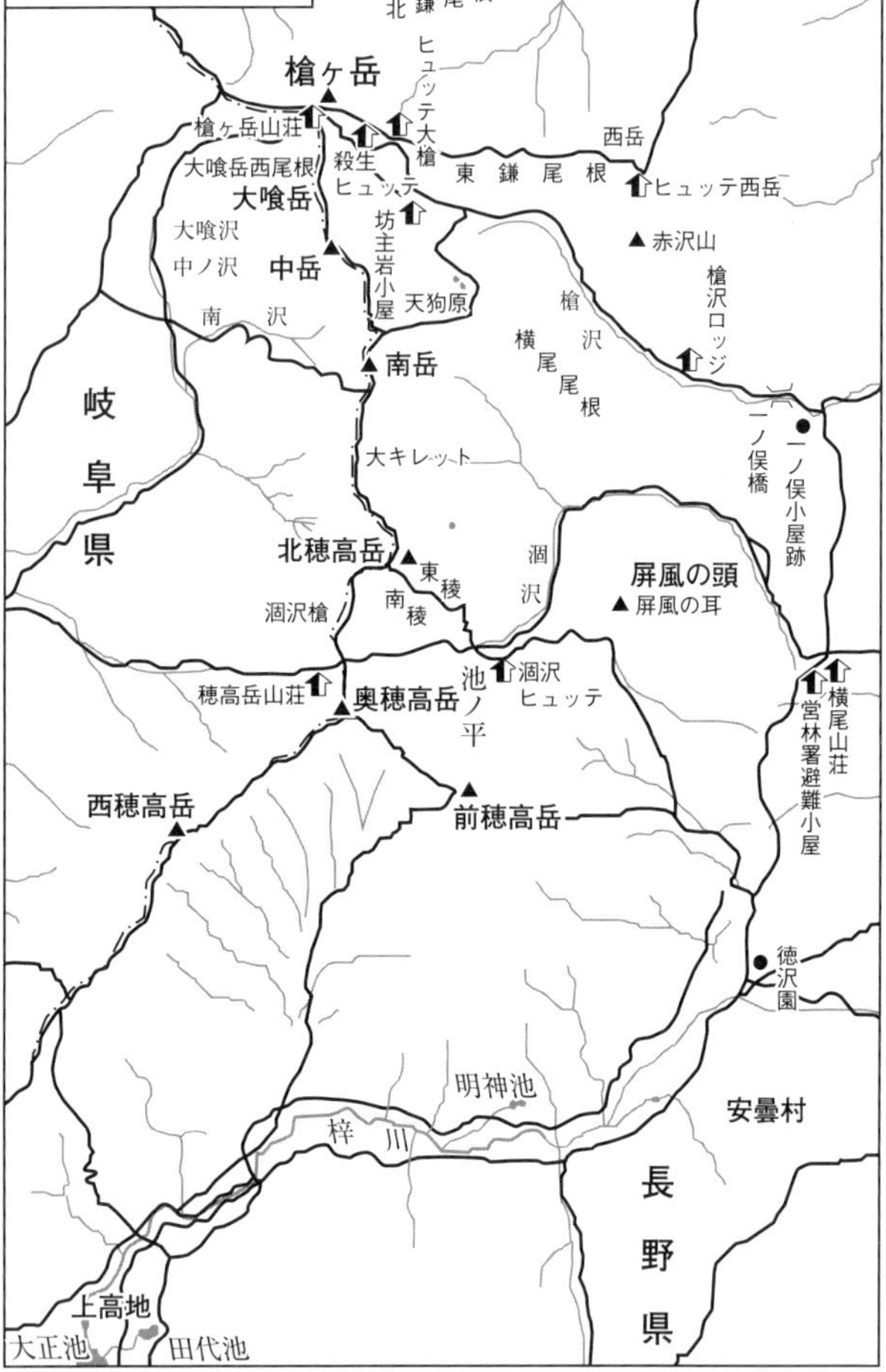
北鎌尾根
槍ヶ岳
ヒュッテ大槍
槍ヶ岳山荘
殺生ヒュッテ
西岳
東鎌尾根
ヒュッテ西岳
大喰岳西尾根
大喰岳
坊主岩小屋
赤沢山
大喰沢
中ノ沢
中岳
槍沢ロッジ
天狗原
南沢
槍沢
横尾尾根
南岳
一ノ俣橋
一ノ俣小屋跡
岐阜県
大キレット
北穂高岳
東稜
涸沢
屏風の頭
南稜
屏風の耳
涸沢槍
涸沢ヒュッテ
穂高岳山荘
奥穂高岳
池ノ平
横尾山荘
営林署避難小屋
西穂高岳
前穂高岳
徳沢園
明神池
安曇村
梓川
長野県
上高地
大正池
田代池

一章　岩小屋の遺書

1

七月初旬というのに、なんという暑さか。墨を広げたような色の雲のあいだから矢のように射《さ》してきた陽光は、山国・松本《まつもと》を容赦なく焙《あぶ》った。

その女性は白い帽子をかぶり、グレーのシャツに細身の黒いパンツ姿で、松本駅の改札口を出てきた。紫門一鬼《しもんいっき》を見て、帽子を脱いだが、すぐにかぶり直した。黒い山靴の足元へ下ろしたザックも黒だった。

彼女は来宮亜綺子《きのみやあきこ》という。紫門は去年の秋、彼女に会っていた。

――槍ヶ岳《やりがたけ》直下の坊主岩小屋《ぼうずいわごや》で、登山者が布の小袋に入った置き手紙を発見して届けた。書いた人は「Y・H」とイニシャルにしてあったが、宛名《あてな》は「来宮亜綺子様」となっていた。

便箋《びんせん》に書かれた置き手紙は封筒に入れられ、ビニール袋に入れ、茶色い布の小袋に収まっていた。

登山者によって届けられた置き手紙を、長野県警豊科《とよしな》署員は読んだ。内容は遺書と読めなくはなかった。登山者が山行《さんこう》中に落とした物として処理するわけにはいかず、山岳地での遭難救助や登山に対する補導を受け持っている山岳遭難救助隊にその手紙が回ってきた。

まず救助隊主任の小室《こむろ》が読み、紫門が読んだ。

恋人との訣別《けつべつ》の苦しさと、死の目的で槍ヶ岳にやってきたと書いてあった。つまり自殺を予告しているのだった。

イニシャルのみでは正確なフルネームが不明だ。

しかし救助隊では「Y・H」に該当する人を、入山届によって割り出そうとした。「Y・H」がいつ槍ヶ岳へ登ったのかも分からないが、十月（昨年）の入山者の中にふくまれていることは間違いないとみて、約二百枚の入山届を繰《く》った。

提出された入山届は実際の入山者数の十分の一にも満たないだろう。槍ヶ岳へ登るおもなコースは、上高地《かみこうち》から中房《なかぶさ》温泉からだが、常念岳《じょうねんだけ》や穂高《ほたか》、あるいは双六岳《すごろくだけ》方面から縦走してくる人もいる。

入山届や登山計画書の提出は登山者の義務である。山中でいったん事故が起きた場合、これが救助活動の目安になることもある。だが上高地から入山する人は、ハイキング気分で登るからか、バスターミナルに設置してある入山届に記入して、投函《とうかん》する人はほんのわずかだ。山小屋に宿泊すると、そこで登山計画を記入させられる。だから上高地で投函しないという登山者もいる。

約二百枚の入山届の中に「Y・H」に該当する人は四人いた。どちらが姓でどちらが名かという見方をすると、それに該当する人は倍の数になった。

救助隊では、イニシャルに該当する人に電話し、無事下山しているかを問い合わせた。槍ヶ岳直下の坊主岩小屋へ、忘れ物をしなかったかともきいた。きかれたほうは、なんのことかという返事をした。

救助隊としては、登山者が無事帰宅していればよいのだった。

置き手紙をした「Y・H」が自殺しているとしたら、捜索しないわけにはいかない。豊科署は県警本部に連絡し、付近を四日間捜索した。ヘリコプターで上空から、地上からは二十人の隊員を槍ヶ岳に登らせ、槍ヶ岳周辺の山小屋で、不審な行動の登山者を見かけなかったかをきいた。山小屋への宿泊申込書からも「Y・H」に該当する登山者を選び出し、その人たちにも連絡してみた。「いまだに帰宅しない」と答えた家族は一人もいなかった。

「Y・H」の生死もそうだが、いつ入山したのか分からない。女性に宛てて訣別を覚悟した手紙を書いているのだから、男性だろうと推測できるだけである。

四日間捜索したかぎりでは、「Y・H」の遺品らしき物は一つも発見できず、捜索隊は山を下った。あすは吹雪《ふぶき》になるという天気予報が出たからだ。天気予報がはずれたとしても、北アルプスは数日中に、紅葉の名残りを楽しもうとする観光客にもう一つの季節を見せるはずだった。

豊科署は、定時記者会見の席上、坊主岩小屋の中で発見された置き手紙とその内容を発表した。それを知った記者たちは、置き手紙は里で書いて山へ持ってきたものではないか、といった。記者会見に立ち会った小室は、「山小屋で書いたことも考えられる」といった。

「山小屋の薄暗い電灯の下で、恋人に宛て、訣別とも遺書とも取れる手紙を書く……。ロマンチックです。記事になります」

そういった新聞記者がいた。

置き手紙を書いた「Y・H」は宛名を明確にしている。たぶん実在している人だと思われる。置き手紙の全文を新聞に載せるのはその人のプライバシー侵害に当たる。だから手紙の内容を要約して新聞に載せる。実際の置き手紙は宛名の人に渡したいから、匿名では意味がないと話し合い、姓を省いて「亜綺子様」とすることを申し合わせた。

地元新聞は、翌日の朝刊にこの記事を掲載した。全国紙も一日二日遅れて似たような記事を載せた。「槍ヶ岳直下の岩小屋に恋文」というタイトルをつけた新聞もあった。

岩小屋に置かれた手紙のことがいくつかの新聞に載った数日後、豊科署に一通の手紙が配達された。差出人は「来宮亜綺子」だった。

救助隊の小室主任は、この手紙を紫門ら隊員の前で開封した。

なんの変哲もない白い便箋に横書きしてあった。細いペンで書いてある文字はかたちがととのっている。

〔前略　いつもおつとめご苦労さまでございます。

先日、A新聞紙上で思いがけない記事を目にいたしました。

「槍ヶ岳直下の岩小屋に恋文」という記事のことでございます。その記事に載っていた置き手紙の内容に、わたくしは思い当たるところがございます。手紙の主の「Y・H」にも心当たりがありますし、宛名の「亜綺子」はわたくしのことにちがいないと思いました。

できましたら、その置き手紙を拝見させていただきたいと思いました。どうしたらよろしいかお返事くださいますよう、お願い申し上げます。

草々
十月×日
来宮亜綺子」

裏書きの住所は東京都世田谷区となっていた。

電話番号がない。

小室主任は、紫門が来宮亜綺子の手紙を読みおえるのを待って、彼女に返事を書くようにといった。

「なんて書いたらいいでしょうか？」

紫門はべつの隊員に手紙を渡した。

「そうだな……。岩小屋で発見された置き手紙を読んでもらいたいし、あなたに宛てたことが間違いないと分かったら、それを渡したい。……『Y・H』が誰なのかということを証明できる物を持ってきてもらえないか、と書いてくれ。いまどき連絡先の電話番号を書いてよこさない人も珍しい」

「はがきでいいでしょうか？」

「封書にしてくれ。来宮という人は、家族や他人に読まれたくないかもしれない。それから封筒は私製のを使え。救助隊の署名は入れず、ここの所在地で、紫門一鬼の個人名にして、本文には署名と所属、電話番号を書いておけばいい」

紫門は、署の便箋を使って返事を書き、小室主任に読んでもらった。

「上等だ。来宮という人は、今度は君に電話してくるだろう」

紫門は私製の白い封筒の表に「来宮亜綺子様」と書いた。

新聞記者が、「槍ヶ岳直下の岩小屋に恋文」とタイトルをつけた置き手紙の受取人は、何歳ぐらいのどんな容姿の人なのだろうかを、紫門は想像した。

松本市内のアパートに帰ると、東京にいる片桐三也子《かたぎりみやこ》に電話した。

「わたしから電話しようと思ってたところなの」

三也子はさっきから時計を見ては、紫門に掛けるタイミングを計っていたのだという。

彼女は四年前、北アルプス南部を管轄する山岳救助隊の一員として、紫門と同時に採用され、二年間、夏場の涸沢《からさわ》に常駐隊員として詰めていた。登山者の装備のチェックと記録を担当した。それまで出身大学の事務局に勤務していたが、救助隊に入隊したため退職した。除隊して大学にもどったが、現在は臨時雇員の待遇である。二十八歳だ。

紫門は彼女の清潔な魅力に惹かれた。

「君の用事は？」

「三、四日前の新聞に、坊主岩小屋から発見された置き手紙のことが載っていたわね。その記事の反響はどうだったのか、ききたかったの」

「ぼくが話したかったのもその件だ」

「置き手紙した人は分かったの？」

「いや。宛名の『亜綺子』という人から、きょう署に手紙が届いたんだ。置き手紙を書いた人にも心当たりがあるから、それを読みたいといってね」

「そう。やっぱり新聞記事が、置き手紙の関係者の目に触れたのね。新聞記事のタイトルは『恋文』となっていたけど、そうなの?」

「最愛の人だったけど、別れを決意した。別れた以上、自分は生きていけない……。そんな内容なんだ」

「自殺するために槍ヶ岳まで登ったというのね。……『Y・H』という人、亡くなったのかしら?」

「槍ヶ岳周辺と、槍沢《やりさわ》の往還を捜索したかぎりでは、なにも分からなかった。死んでいれば、いずれ遺体は見つかると思う」

「亜綺子さんという人の手紙を読んで、いくつぐらいの女性を想像したの?」

「文章は簡潔だが丁寧で、字はうまい。小室主任は若い人じゃないだろうといっている」

「若くないというと、わたしぐらいかしら?」

「君は若い。ぼくの勘では四十ぐらいじゃないかな?」

「置き手紙の男性と亜綺子さんという女性は、焦げるような恋をした期間《とき》があったのかしら?」

「それがね、男性の片思いのように取れないこともないんだ」

紫門は「Ｙ・Ｈ」の置き手紙の内容をかいつまんで話した。

「自殺覚悟の山行なら、片思いということがうなずけるわね。いままでに、山の中から遺書めいたものが見つかった例はあったのかしら？」

小室主任は、記憶がないといっている。

2

紫門が来宮亜綺子に手紙を送った翌々日、

「早速、ご丁寧なお手紙をありがとうございました」

と、彼女から電話があった。

彼女は三十半ばだろうと、彼は声をきいて見当をつけた。

彼女は、訪問したいがいつがよいかと都合を尋ねた。いつでもよいと彼が答えると、彼女は考えるように間をおいてから、土曜でもよいかときいた。紫門は、待っていると答えた。

土曜は翌々日だった。来宮亜綺子は昼ごろに着く列車で行くといった。

槍や穂高が冬化粧した次の日、亜綺子はグレーのコートを腕に掛け、グレーのジャケットに黒いパンツを穿《は》いて、豊科署に現われた。受付の女性警官が、一階の奥にある山岳救助隊の部屋へ彼女を案内してきた。

ドアを入ると彼女は、誰にともなく頭を下げた。面長《おもなが》で痩身《そうしん》だった。病身ではないかと思うほど顔色は蒼白《あおじろ》かった。黒い髪は肩にかかる長さだった。電話の声をきいて見当をつけた年齢は当たっていそうに見えた。目はやや細いが、眉が濃く、鼻筋は細くとおって高く、翳《かげ》りの深い表情をたたえていた。

身長一八一センチの紫門が椅子を立つと、やや小柄な彼女は、彼の顔を仰いでから腰を折った。警察署を訪ねたことなどなかったのか、目に怯《おび》えに似た色が浮いていた。

紫門は小室主任を紹介した。

彼女は黙って頭を下げ、コートを抱え直した。

小振りの応接セットへ招き、小室と紫門が彼女と向かい合った。

亜綺子は黒いバッグから封書を出した。それは本多良則《ほんだよしのり》という人が亜綺子に宛てた手紙だった。表書きも自分の名も太いペンで書いてあった。

「わたしは本多さんと、二年近くお付き合いしていました。……あの人が、こんなことになるなんて、夢にも思いませんでした」

小室は彼女が出した封書の文字をじっと見つめてから、紫門に渡した。その文字は一目で、坊主岩小屋で発見された置き手紙を書いた人の文字と分かった。封筒には杉並区の住所が書いてあった。

小室は茶色の布の小袋をテーブルに置き、

「どうぞ中をご覧ください」

といった。

彼女は口に手を当ててから、ハンカチを取り出した。嗚咽《おえつ》をこらえたのだった。

「これはウイスキーの入っていた袋です。彼の好きなお酒でした」

震える声でいうと、小袋の黒い紐《ひも》に手をかけた。取り出した置き手紙は、ビニール袋に入っていた。彼女は手紙を出すと両手に持って目を瞑《つむ》った。中身を読むには決意が要《い》るようだった。

〔私は、あなたに最初に会った夜も、何度会ったかも、どこへ旅行したのかも、すべて覚えている。

旅先で二人で酒を飲むと、夜中に、あなたはかならず私につっかかってきた。それまで抱《いだ》いていた不満を一気にぶつけるような話になった。長時間一緒にいると、私がうっとうしくなるのか、飽きるのか、昼間も機嫌が良くなかった。

一緒に長時間を過ごさないほうが心が荒れないと承知しながら、私は次の旅にあなたを誘い出した。あなたと一分でも長くいたいからだった。あなたと離れると、なぜもう十分長く一緒にいなかったのかと、後悔した。

あなたと出会って半年たったとき、能登《のと》の宿で、「一緒に暮らしたい。いますぐとはいわない。私はこれからも同じことを何度もいうでしょう」といった。するとあなたは、「なれるわけないでしょ。わたしのことを知らないから、そんなことというのよ」といって、うすく笑った。わたしに恨《うら》みでもあるような顔をした。そのときあなたは、人でないような冷たい目をした。好きでないのだ、と私は感じた。でも私が旅に誘うと、あなたは都合をつけてくれた。

だが酒に酔うと私にからんだ。あなたの言葉は心に刺さり、私を凍らせた。別れの予感かと思うことさえあった。私に、別れてくれといっているようであった。

私は一緒に旅をしたことを後悔した。あの旅がなかったなら、あなたも私も平和だったと思ったことは一再《いっさい》でなかった。

旅のあと、二日は頭を抱えた。が、三日目には会わずにいられなくなった。

あなたの棘《とげ》を呑《の》まない日が一月《ひとつき》とつづくと、何日間か一緒にいたくなり、旅に誘い出した。あなたは拒まなかった。しかし旅先で同じことが繰り返され、あなたは火のついたような目でにらみ、私を非難した。

あなたの言葉は、いつもきれいでなかったが、光と影があった。強さと弱さがあった。昼と夜のように。

そこが私には魅力だった。私が平凡で退屈な男だから、何日も何時間も一緒にいると、不満がつのり、私に当たるのだと知った。

あなたは気ままに生きたいのに、私に手足をしばられている気になるのにちがいなかった。自分を抑えて一緒にいるほど、あなたは私が好きでないのを知った。

それを知るまでに、一年十か月もかかった。

誰とも会いたくない。誰とも話したくないから山へやってきた。最愛の人に疎《うと》まれたら、生きていてもしかたないと思うようになった。

いまもあなたに会いたい。電話して、山の宿に呼び寄せたいと何度思ったかしれないが、二日も一緒にいれば、私はあなたを飽きさせる。

でも、何度かはあなたの笑顔を見たことがあった。その思い出だけを大切に抱いて、私は山で生命の火を消すことにした。

あなたはときどき、痛む胃を押さえた。いつも気がかりだった。からだを大切にして、いつまでも若くしていてください。

さようなら。

来宮亜綺子様

Y・H」

亜綺子は涙を落とした。「ごめんなさい」といって口を押さえた。置き手紙を胸に押しつけると目を固く瞑り、俯《うつむ》いた。いつまでも涙はとまらないようだった。

「そこに書かれているのは、あなたのことに間違いないですか？」

小室がきいた。

「はい」

彼女は泣きやまなかった。

泣き疲れたような顔になって彼女は、手紙を元どおり小袋に入れた。

「いただいて帰ります」

彼女は小袋を一瞬強く握ると、バッグにしまった。

「本多良則さんの職業はなんでしたか？」

「雑誌に写真と随筆を載せていました」

著書が数冊あるという。

「本多さんは、山で亡くなったと思いますか？」

「ここに書いてあるとおりなら……」

彼女は涙で光った目を上げた。

「その手紙を岩小屋に置いてから、何日もたっていないうちに発見されたと思います。本多さんがいつ山へ出発したのか、分かりますか？」

「さあ……」

「あなたが本多さんと最後にお会いになったのは、いつですか？」

「半月ぐらい前でした」

「どこでお会いになりましたか？」

「わたしは東京の銀座で、小さな店をやっています。そこへきました」

「店というと？」

「バーです」

「そのとき本多さんは、あなたになにかいっていましたか？」

彼女は小室の視線から逃げるように窓のほうを向いた。窓の外ではコスモスが首を振っていた。

「彼はいつも遅くなってから店へきました。彼がくるたびにわたしは彼と一緒にタクシーで帰りました。わたしを家の近くまで送ってくれたのです」

彼女は顔をもどすと、また目を瞑った。目尻から涙が伝い落ちた。

「そのときは、たしか九時ごろきて、一時間ばかり飲んで、『きょうは先に帰る』といって……」

「本多さんは、あなたの店へ何日おきぐらいにきていましたか？」

「たいてい週に一回はきてくれました。二回くる週もありました」

「あなたの店へ最後に寄ってから、新聞記事があなたの目につくまでに、十日ぐらいはあったはずです。十日も店へ姿を見せなかったら、なにかあったんじゃないかと思わなかったですか?」

「たまにそういうことがありました。今度も旅行にでも出ているのかしらと思っていました」

「旅行のたびに、あなたは誘われたのではないですか?」

「わたしがついて行ったのは、たびたびではありません。二か月に一回ぐらいでした」

「半月ぐらい前に店へきた本多さんは、山へ登るようなことをいっていましたか?」

「いいえ、一言も……」

亜綺子はハンカチを目頭に当てた。

「本多さんが、あなたと別れることを決意するような出来事がありましたか?」

「最後にきたときは、ほかにお客さんがいたものですから、わたしは彼とほとんど話をしませんでした。いつものように店がハネて、一緒に帰るものと思っていましたので」

「あなたが本多さんと、ほとんど話さなかったのが原因じゃないでしょうか?」

「そういうことは何回もありました。十一時半までは若い女の子がいますが、それ以降はわたしだけになります。ほかのお客さんが残っていると、彼と話のできないことはよくありました。半月前のとき、わたしは彼を不機嫌にするようなことをいった覚えはありません」

「本多さんの手紙によると、あなたは酒に酔うと、からんだり、つっかかったりしたようですが？」

痛いところを突かれたのか、彼女は上体をひねるようなしぐさをした。

「たしかにそういうところがありました。でも、わたしは……」

彼女は語尾を呑み込んだ。

本多は手紙で、〔あなたの言葉は心に刺さり、私を凍らせた〕とか、〔火のついたような目でにらみ〕といっている。そんな烈《はげ》しさが彼女にはあるのだろうかと、紫門はおとなしげな顔を観察した。

本多は、数年前に妻に死なれて独身で、四十五歳だという。

亜綺子も独身で、結婚したことはないといった。四十一歳だというが、三十半ばにしか見えなかった。

3

紫門は来宮亜綺子を松本駅まで車で送ることにした。

助手席に乗った彼女は、たたんだコートの上にのせた黒いバッグを胸に抱えていた。

まるで遺骨を抱いているような格好だった。

「岩小屋とは、どんなところですか?」

彼女は前を向いたままきいた。

「槍ヶ岳という山をご存じですか?」

「高い山ということを、本多さんからきいていました」

「遠くから見ると、山頂が槍の穂先《ほさき》のように尖《とが》っています。標高は三一八〇メートルです」

「そんなに……」

「登山者には人気があって、夏場は山頂が混み合うほど大勢が登ります。坊主岩小屋というのは、山頂から一キロあまり南東にあります。せまい岩の穴です。百七十年ぐらい前に、念仏行者の播隆上人《ばんりゅうしょうにん》という人が、その岩の穴に泊まって、苦労しながら槍ヶ岳に登ったという記録があります。それで『坊主』の名がついたそうです。北アルプスには岩小屋と呼ばれているところはいくつもあって、登山中、急に天候が変わって大雨にでも遭ったとき、そこへ避難することがあります」

「本多さんは、岩小屋に泊まったんでしょうか?」

「どうでしょうか。彼は槍ヶ岳へ登るまでの間に、山小屋に泊まっていると思います。私たちは彼の足取りをさがし、今後の捜索の参考にしたいと考えています」

彼女はおじぎをした。「お手数をおかけします」といったようだった。

亜綺子の話によると、本多には子供はなく、独り暮らしだったたし、なんとなく身寄りの少ない人のようだった。両親はとうに亡くなり、兄弟もいなかったらしいという。妻に早死にされて寂しい思いはしたろうが、亜綺子を好きになって苦しまなかったら、身軽な暮らしをしていたようだ。

松本駅へ着いた。新宿行きの特急が出るまでに三十分ほどあった。彼女は乗車券を買うと、みやげ物店でも見ながら時間を潰すといった。

紫門はそこで彼女と別れた。階段を下りたがなんとなく彼女が気になった。乗車券を買ったのにその列車に乗らないように思われ、階段を昇り直した。

彼女は喫煙コーナーで背中を向けていた。タバコを吸っているのだった。立ったままである。あちこちに目を振らず、一点を見据えているように首をまっ直ぐに立てていた。椅子に腰掛け、本多の置き手紙を読み返すかと思ったが、立てつづけにタバコを二本吸いおえると、コートとバッグを抱えて、デパートのみやげ物売場へ入っていった。

紫門は物陰から彼女の後ろ姿を目で追った。十五分ほどすると彼女はデパートを出てきた。なにも買わなかったようである。恋人の置き手紙を読んで泣いた人とは思えず、改札口の時計をちらりと仰いで、人に押されるようにして消えていった。恋人を失って気落ちしているような風情《ふぜい》もなかった。

署に帰ると紫門は、松本と上高地のホテルや、槍ヶ岳とそこへ通じる道中にある山小屋へ、最近、本多良則という人が宿泊したかどうかの照会をした。

その問い合わせに対しての回答は夕方までにあった。

「本多良則（四十五歳）、住所・東京都杉並区上高井戸《かみたかいど》」が、松本駅近くのホテルに十月十三日に、槍沢ロッジに十四日に宿泊したことが分かった。いずれの宿でも単独だった。

双方から本多の書いた宿泊カードをファックスで送信してもらった。「Y・H」の置き手紙のコピーの筆跡と照合した。いくぶん角《かく》ばった文字の特徴が宿泊カードと一致していた。二か所の宿に泊まった本多良則は、来宮亜綺子宛てに置き手紙した「Y・H」と同一人と断定した。

亜綺子が昼間の特急に乗っていれば、午後六時半ごろには帰宅しているはずだった。きょうは土曜だから、彼女がやっている店は休みといっていた。

午後七時を待って、紫門は亜綺子の自宅へ電話を入れた。

「はい」

彼女はすぐに応じた。昼間の礼をいった。

紫門は、本多が十月十三日に松本のホテルに、十四日には槍ヶ岳への登山コース上にある山小屋に宿泊したことを伝えた。

「本多さんが、最後にあなたの店へ寄ったのがいつなのか、分かりますか？」

彼女は少し待ってくださいといった。日誌でも見るらしかった。

「十月十二日でした」

「その日でしたね、いつもより早くお帰りになったのは？」

「九時ごろきて、十時ごろには帰りました。珍しいことでした」

本多は彼女に一言もいわなかったらしいが、次の日、北アルプスへ出発することを決めていたのだろう。次の日、何時ごろ自宅を出たのか分からないが、夕方までには上高地へ着いていた。

十二日の夜、亜綺子の店には客がいて、彼女は本多とろくに話ができなかったという。もしも客がいなかったか、遅くまで飲んでいられたら、「あしたから山へ行く」ぐらいは話したのではないか。

死を決意した本多は、一目《ひとめ》亜綺子を見たくて彼女の店へ寄り、あらためて決着をつけ、決心の後退を恐れて、いつもより早く店を出たのではないか。

「先日は四日間、捜索してくださったということですが、これから彼をさがす方法はあるものでしょうか？」

「主任と話し合ってはみますが、山はすでに積雪期に入っていますから、捜索しても見つからないと思います」

「雪が解けるのは、来年のいつごろですか?」

「六月下旬ですが、場所によっては七月にならないと地表が出てきません」

紫門は、本多の身内を一人でも知らないかときいた。

「わたしは、彼のお友だちすらも知りません」

「本多さんは、あなたの店に誰かを連れてきたことはないんですね?」

「ずっと一人でした。わたしから身内も人やお友だちのことをきいたこともありませんが」


本多は孤独な男のようだ。もっとも親しい人が何人もいれば、恋の悩みも話したのではないか。

本多が行方不明になって二週間も過ぎている。彼としょっちゅう交流のあった人がいれば、二週間もの不在に不審を抱いたことだろう。

彼が紀行文を発表していたという雑誌の名を紫門は聞いた。

亜綺子はKとTの二誌を挙げた。ほかは思い出せないといった。

本多のことでなにか思いついたら連絡してもらいたいといって、電話を終えた。

小室主任に、今後本多の捜索をするかをきいた。小室は首を横に振った。

紫門は帰宅すると、東京の三也子に電話した。

「来宮さんて、どんな女性でした？」

三也子はいくぶん性急にきいた。

「話していると優しげで、本多という男が置き手紙に書いているような、酒を飲んでつっかかる人には見えなかった。美人というほどじゃないけど……」

話していたくなるような女性だといいかけたが、紫門は言葉を呑み込んだ。

「酒場をやっているんでしょ？」

「そう」

「男の人が話していたくなるような人じゃないかしら？」

「そうかな……」

「きっとそうよ。そういう雰囲気のある女性だから自分で店をやっていけるのだと思うわ。だけど、付き合ってみるとべつの面が出てくる人じゃないかしら。本多という人が手紙に書き遺《のこ》していることが、彼女のほんとうの姿なのかもしれない。……彼女はいまごろ本多という人の手紙を読み返して、自分が口にしたことを後悔しているような気もするわ」

三也子は、亜綺子をそっと見てみたいと思った。彼女が好奇心を露《あら》わにするのは珍しい。

翌日、紫門は旅の情報誌のKと、女性読者を対象とした雑誌Tの編集部に電話した。本多良則を担当しているという人と話した。

紫門は、本多が槍ヶ岳直下の岩小屋に置き手紙して行方不明になっていることを話した。

「その新聞記事でしたら、読みました。興味を持ったので、切り抜きました」

K誌の編集部員はそういった。置き手紙をしたのが本多良則と知って、驚いたようすだった。同誌では現在、本多に依頼している仕事はないという。

「本多さんは、『亜綺子様』に宛てて手紙を遺《のこ》していることでしたが、相手の方は分かりましたか？」

編集部員は熱心にきいた。

「分かりました。連絡を取り合うことができ、手紙を渡しました」

「新聞記事のタイトルには『恋文』とありますが、相手はどういう女性でしたか？」

「個人的なことですので、詳しいことはお答えできません。あなたは、本多さんと飲食などをしたことがありましたか？」

「会社の近くでお茶を飲んだことはありますが、食事までは……」

本多と仕事では関係があったが、親しくしていたわけではないらしい。

T誌の担当者は女性だった。彼女には「岩小屋に置き手紙」の新聞記事は目に入らなかったようだ。

「本多さんが、行方不明……」

彼女は絶句した。

T誌も本多に依頼している仕事はないという。


刑事課を通じて、警視庁に連絡し、東京・杉並区の本多良則の自宅のようすを見てもらうことにした。

本多は一戸建ての借家住まいだった。近所の人たちとはいっさい交際しておらず、彼の職業がなにかを知る人はいなかった。

所轄署の調べで、本多の妻・竹子《たけこ》は二年前、四十一歳で病死したことが分かった。夫婦のあいだには子供はいなかった。

所轄署員は家主に立ち会わせて本多の家へ入った。室内は整頓されていた。ざっと見たが遺書と思われる物は見当たらなかった。電灯の電源であるブレーカーが下ろされていた。冷蔵庫の中は空《から》だった。彼は何日間か住まいをあける場合、冷蔵庫を空にして出掛ける習慣があったのか。

十一月に入ると、北アルプスは一日おきに雪が降った。穂高で登山パーティーが雪崩《なだれ》に巻き込まれる事故があり、槍ヶ岳では滑落事故が三件相次ぎ、そのたびに紫門ら救助隊員は現地へ赴いた。雪崩遭難では死者も出た。滑落した怪我人の捜索中に霧が出て、ヘリコプターが出動できなくなった。怪我人を発見できたが、ヘリが使えない。そのため、隊員が怪我人を背負って垂直に近い岩場を下った。この救助作業中に、隊員の二人が負傷した。あやうく二重遭難になるところだった。

救助活動が相次いだため、紫門らの救助隊員は本多良則の行方不明を忘れた。

二章　星の孤情

1

来宮亜綺子から紫門宛てに手紙が届いたのは六月初めである。

彼女から手紙を受け取ったのは、去年の十月以来である。細いペンのかたちのととのった文字が横に並んでいた。

去年の十月、本多良則の置き手紙が発見された山へ登れないものだろうか、という問い合わせだった。

紫門は去年のノートを繰って、亜綺子の自宅に電話した。彼女は銀座でバーを開いているというから、昼間掛けた。留守番電話になっていた。「豊科警察救助隊の紫門です」と、吹き込んでおいた。

三十分もすると彼女が電話をよこした。

彼女は昨年の礼をいった。

「お手紙を拝見しました。坊主岩小屋へ登りたいということですが、何人で？」

「わたし一人です。山になど登ったことのない者には、無理でしょうか？」

「登るのでしたら、私がご案内します。けっこう道中は長いですから」

「紫門さんが……。お仕事がお忙しいのに」

「学校が夏休みになるまでの間は、比較的ひまです。山で事故が発生しなければ、手はすいています」

紫門が案内役を買って出てくれるなら、こんな気強いことはないと彼女はいった。前にも感じたことだが、彼女の声も話し方も実年齢よりずっと若い。だが話し方は淡々としていて、感情の抑揚が表われていなかった。

登るとしたら、いつがよいかと彼女はきいた。

「天候が安定しているのは七月中旬までです」

彼女はカレンダーでも見ているのか、少し間をおいて、七月初旬にしたいが紫門の都合はよいかときいた。

彼は、日程をたっぷりとることと、服装と予備品をアドバイスした。

彼女と話し合い、七月四日に上高地に着き、五日の朝から登りはじめることを決めた。

最後に彼は、長時間歩くことが苦痛ではないかと質問した。

「去年から毎日、二時間は歩くことにしていますし、一日おきに近くのプールで泳いでいます」

彼女は去年から、本多が消息を絶ったところへ登る計画を、立てていたのだろうか。

小室主任に話すと、案内してやれといったあと、

「彼女はどんな気持ちから槍ヶ岳へ登ることにしたんだろうな?」

といって、タバコに火をつけた。

夜、紫門は三也子に電話し、都合がつけば一緒に登りたいがどうかときいた。

「まだ一か月あるから、いまから予告しておけば休みはとれるわ。でも、来宮さんに打診してみて。わたしが同行していいかどうかを」

たぶん亜綺子は承知するだろうと思ったが、次の日の午後、電話した。

「そういう方がいらっしゃるんですか。ぜひご一緒してくださいとお伝えください。紫門さん、わたしのためお気を遣ってくださったんですね。感謝します」

きょうも彼女のいい方は淡々としていた。

山行に出発するまでの間に、一度や二度は彼女のほうから連絡があるかと思っていたが、手紙も電話もなかった。二日前に紫門のほうから電話した。体調は万全かときくと、

「はい、大丈夫です」

と、やや素っ気ない答え方をした。

七月四日の昼過ぎに着く特急で、亜綺子は松本へやってきた。きょうは午前中から気温がぐんぐん上がり、松本とは思えない暑さになった。

改札を出てきた彼女は、紫門の姿を認めると白い帽子を取った。片桐三也子が同行することを伝えておいたのに、それを忘れたように帽子をかぶり直した。

紫門が後ろを振り向いて、三也子を亜綺子に紹介した。

亜綺子は一瞬、意外そうな顔をした。たぶん三也子が同行することを忘れてしまっていたようだった。あわてて帽子を脱ぐと、

「よろしくお願いします」

と、頭を下げた。

「こちらこそ」

といった三也子は、亜綺子の素姓を推《お》し量《はか》るような目をした。

三人は駅前のレストランに入った。

「片桐さんは、いつおいでになったんですか？」

亜綺子は、紫門と三也子の間柄をさぐるようにきいた。

「来宮さんより一列車早く着きました」

三也子が答えると、亜綺子は微笑《ほほえ》んだ。紫門が初めて見た笑顔だった。

「来宮さんは、上高地へいらしたことは？」

三也子がきいた。

「ありません。わたし、高い山を見た記憶がありません。本多さんから山の写真を見せてもらったことがありましたが、どの山も同じように見えて……」

三人は昼食を終えた。

「わたし、タバコを吸いますが……」

亜綺子は遠慮がちに二人の顔にいった。

「どうぞ」

三也子が灰皿を亜綺子の前へ置いた。

亜綺子は馴れた手つきで、ライターの火をつけた。彼女は、バーへ飲みにくる男の口元へ、ライターやマッチの火を何千回近づけたかしれないだろう。

今夜は上高地の白樺荘に泊まる。あすは槍沢ロッジに泊まる予定だが、亜綺子の体調によっては槍沢に入る前の横尾山荘《よこおさんそう》泊まりにするつもりである。三日目に坊主岩小屋をのぞき、これも彼女の体調次第だが槍ヶ岳に登頂し、槍ヶ岳山荘《やりがたけさんそう》か殺生《せっしょう》ヒュッテに泊まる。四日目は上高地か、松本まで下る。この計画を電話で知らせてはあったが、紫門はコピーを亜綺子に渡した。

「天候によって変更する場合があります。雨が降ったり霧が出ると、槍ヶ岳に登ってもどこも見えません。登頂することだけが目的の人は、雨天でも登りますが、安全を考えて、雨が降ったら行動を控えることにしましょう」

亜綺子はうなずいた。

三人は椅子を立った。

「片桐さん、背が高いんですね」

亜綺子は、身長一七〇センチの三也子を見上げた。亜綺子は一〇センチぐらい低そうである。

背負った亜綺子の黒いザックは小振りだった。厚手のシャツや、セーターや、ジャケットを携行してくるようにと紫門はいっておいたが、それらが収まっているのだろうかと思うぐらいだった。

ザックは真新しかったが、黒い軽登山靴には汚れがついていた。古い物ではない。今度の山行のために買いそろえたと思われるが、紫門に連絡を寄越す六月初め以前に買って、毎日履いては馴らしていたのではないか。登山靴でもよく磨いている人がいるが、汚れがついているところに、彼女の性格の一端が表われているように思われた。

三也子のは本格的な茶革の山靴である。かつては山岳遭難救助隊の一員として活躍していたのだから当然だ。ザックは中型で、あちこちが傷ついている。いわゆる年季の入った装備である。

「松本で調達しておく物はありませんか?」

紫門は亜綺子のザックを見てきいた。

「水は上高地で買えますか？」

「水は私が背負っていきますから、大丈夫です」

ほかに要る物はないと彼女はいって、タオルのハンカチで首の汗を拭いた。

きょうの暑さに驚いているはずなのに、亜綺子は、「暑い」とも、「いつもこうなのか」ともきかなかった。

電車とバスを乗り継いだ。新島々《しんしましま》から上高地行きのバスで、亜綺子と三也子は並んですわった。紫門は彼女らの後ろの席に腰掛けた。

「何日もお店を休むことになりますが、その間はどなたかが？」

三也子がきいた。

「店は去年の十一月、閉めました」

亜綺子はそういうと、梓川《あずさがわ》の青い流れに目を奪われたように車窓を向いた。両岸は濃い緑だった。ダムを過ぎ、いくつかのトンネルをくぐった。川幅がせばまり岩がゴロゴロと露出しはじめた。釜《かま》トンネルでは山から水が降っていた。三也子が立ち上がって窓を閉めた。

亜綺子はときどきまどろむのか、首を動かさないことがあった。

焼岳《やけだけ》の赤黒い山肌を見ても、穂高を映す大正《たいしょう》池を眺めても、亜綺子は声を上げなかったし、三也子に山の名を尋ねたりもしなかった。尖った岩峰も、荒々しい山肌も、亜綺子の目には乾燥した風景にしか映らないのだろうか。

終点の上高地に着いた。下山してきた人たちがザックを下ろし、ベンチで足を伸ばしていた。彼らの顔は火照《ほて》って赤かった。

亜綺子は、紫門にも三也子にも断わらず、売店で缶入りの飲料水を買い、それを口に傾けた。喉の渇きをこらえていたようだった。

展望台に昇った。穂高は黒い貼り絵になっていた。山襞《やまひだ》の残雪が、白い幾何学模様をいくつもはめ込んでいる。頂稜の上には蒼《あお》い空が残っていて、あすの好天を約束しているようだった。

三也子が亜綺子に寄り添って、山の名を教えた。亜綺子はいちいちうなずくが、標高はどのぐらいかとか、どんなコースを登るのかともきかない。

彼女は思いついたように、ザックからコンパクトカメラを取り出し、紫門と三也子の二、三歩前へ出て、三、四回シャッターを切った。彼女に馴れていない紫門には、機嫌を損ねているようにしか見えなかった。

本多は彼女を各地への旅行に誘ったという。訪ねた先々で、日の出や入り日を見て、感動を彼に伝えたことがあったろうか。

三人は河童橋《かっぱばし》の上に立った。人影はまばらだった。底の透けて見える川にマガモが浮いていた。

「寂しいところなんですね」

亜綺子がいった。

両岸にはホテルの灯が並んで、人も歩いている。帰路を急ぐ登山パーティーが右岸から橋を渡ってきた。亜綺子はどこと比較して、寂しい場所といっているのだろうか。紫門にとっては北アルプスで最も繁華なところであり、行楽シーズンには通りたくない場所である。ハイヒールを履いて河童橋の上で、記念写真に収まろうとしている女性を見るのは耐えられないのだ。道端に生える小草や小花が、尖った踵《かかと》で踏みにじられているように思うのは、彼だけではなさそうだ。

2

白樺荘へ入った。三人が同じ部屋だと知って、自分だけべつの部屋でもよかったのだがといった。紫門は彼女にはべつの部屋を取っておくことまで気が回らなかった。

山小屋の感覚で宿泊を申し込んでおいたのだった。山小屋はいわゆる雑魚寝《ざこね》である。見ず知らずの人と隣り合わせになることもある。混み合うときは、男女の区別もない。

フロントでもう一部屋あるかときくと、あいにく満室だといわれた。

山行のあいだは我慢してもらいたいと彼がいうと、

「わたしは、かまいません」

亜綺子は二人の顔を見ずにいった。

夕食の席でビールを一本取った。紫門がまず亜綺子のグラスに注《つ》ぐと、

「少しだけ」

といった。

本多は置き手紙に、亜綺子は、〈酒に酔うと私にからんだ〉と書いていた。イケない口ではないらしい。

日本酒のほうがいいのではと紫門がきくと、

「いいえ。お食事のときは……」

といって、微笑した。店で客と一緒なら飲み、恋人となら酔うほど飲んだが、山行を目前にしているので自重しているというのだろうか。

彼女は自ら意思を伝えようとしない質《たち》のようだ。目の前の二人に馴れていないからなのか。

三也子は、亜綺子に怯えているような目差《まなざ》しで、ちらちらと観察していた。

部屋にもどって、二度目の風呂を使った亜綺子は、赤い肌をしていた。

「月が出ていました」

彼女はぽつりといって、洗面所で顔と髪をととのえた。

窓辺の椅子でタバコを吸っていた亜綺子だが、風を起こすように立ち上がると、黒いザックを引き寄せ、

「少し飲んでもいいですか？」

ときいた。

酒なら買ってくると紫門がいうと、彼女は首を横に振り、ザックからウイスキーのボトルを取り出した。小びんではない。

三也子はびんのサイズにあきれたようだった。

「これがないと、眠れないものですから」

「そうでしたか。お付き合いします」

紫門は日本酒のほうがよかったが、三也子が並べたグラスにウイスキーを受けた。フロントにきくと氷のあることが分かった。

三人はグラスを合わせた。三也子は水を注ぎ足した。

亜綺子と三也子が椅子に向かい合った。紫門は畳にあぐらをかいた。

亜綺子は自ら酒を注いで、三杯ぐらい立てつづけに飲んだ。酔いがまわるとどうなるのかに興味があった。あしたからは六、七時間歩くことになるのだから、自重しなさいといわなかった。それぐらいの自覚はあるだろうと思った。

「どうして、お店をやめられたんですか?」

三也子がグラスを手にしてきいた。

「疲れたものですから、しばらく休むことにしました。それと……」

亜綺子は鼻に手をやり、目を瞑った。首筋は透けるように白く、そこにほつれ毛が幾条《いくすじ》か垂れていた。面長の顎《あご》がかたちのよい曲線を描いている。

「彼がこなくなった店は、音がとまったようでした。……妙なもので、彼がきているうちはけっこうお客さんが入っていたんですが、いなくなると、それまでよくきてくださった人たちも、めったにこなくなりました」

彼とは本多のことである。

本多はほかに客がいようがいまいが、カウンターの端に肘《ひじ》をついた。一人で黙って飲んでいる彼の存在は、客が混んでいるときはうっとうしかった。彼がいなくなったことを知ったあとは、めまいがするように腰掛けてばかりいるようになった。客が減り、頭痛持ちのように顳顬《こめかみ》に指を当てる亜綺子を見ていると気が滅入《めい》るのか、たった一人のホステスはやめた。

「本多さんは、いつからお店にいらっしゃるようになったんですか?」

「三年前の冬でした。たしか十二月です。風の強い十一時頃、一人で入ってきて、一杯だけ飲ませてくれといいました。お客さんは誰もいませんでした。彼は一時間ぐらいいて、バーボンを三杯ほど飲んで帰りました。口が重く暗い感じの人だとわたしは思いました」

その夜亜綺子は、彼の名も職業もきかなかった。この近くに行きつけの店があって、気に入っている女の子を当てにして行ったら、その子が休みだったので、早めにそこを出てきたというふうに彼女はみたのだった。

二度と現われないだろうと思い、ほとんど忘れていた彼が、半月後にふらりとやってきて、カウンターの端にとまった。最初にきたときの位置だった。二組いた客は帰った。『ゆっくりしていってください』彼女はいった。

彼は彼女に酒をすすめた。彼女は彼と同じ酒を飲んだ。ボトルを入れておいてくれと彼はいった。名前をきいた。女の子が帰った。彼と二人で酒の話を一時間ばかりした。午前零時をまわった。もう電車はなくなっていた。

住まいはどこかと彼はきいた。世田谷区赤堤《あかつつみ》だと答えると、『通り道だ。タクシーで送って行きましょう』彼は自分の住所を教え、名刺をくれた。氏名と住所と電話番号しか刷ってなかった。

なにをしているのかときくと、『ものを書いているんです』彼は寂しげにいった。

その夜彼は、一時間半ばかり店にいて腰を上げた。客が自分しかいないことに気を遣ったようだった。彼女はもっと一緒に飲んで話していたかった。

初めてきた客でも、ほかの店で飲み直そうと誘う人がいるが、彼はそうではなかった。

年が変わった。本多は一か月ぶりぐらいに、旅行鞄を提げて現われた。当てにしていない客がきてくれるのはうれしかった。

彼は旅行の帰りだといって、べつの客が帰ると、旅行鞄から小さなみやげを出した。

『見ていいですか？』

『どうぞ』

旅のみやげは、木彫りのだるまだった。それは赤茶色をしていて、目玉だけが黒かった。

『目玉を摘《つま》んで引いてごらん』

『面白い』

目玉は前へ飛び出した。

『どこのおみやげ？』

『飛驒高山《ひだたかやま》へ行ってきたんです』

『きれいな木でできているのね』

『一位《いちい》といってね、昔、この木材で笏《しゃく》を作ったところから、その名があるそうです』

『シャク？』

『平安時代の貴族が正装したとき、右手に平たい柄《え》のような物を立てて持っているでしょ』

『映画だったか、絵だったかで見たことがあります。あれのこと笏っていうんですか』

『このだるまの目が前に出るのは、「芽が出る」といって縁起がいいんです』

『わたしって、なにも知らないのね』

『知らなくても、こうしてちゃんと商売をやっているじゃないですか』

二人は初めて声をそろえて笑った。

亜綺子は早速、一刀彫りのだるまを棚に飾った。『芽が出ますように』と口に出していって、柏手《かしわで》を打った。

その夜の彼は、彼女が少し酔ったな、と思うぐらい飲んだ。酒の強い人なのでほっとした。

彼は彼女をタクシーで自宅の近くまで送ってくれた。降りがけに彼女は、彼の手を力をこめて握った。

彼が週に一度はくるようになったのはそれからだった。

彼女は店に出ると、かならず一位のだるまをやわらかな布で磨いた。

彼は店に最後までいて、彼女をタクシーで送るのが習慣になった。

彼の妻が前年の九月、病死し、独り暮らしであるのをきいたのは、だるまをみやげにもらって一か月ほどたってからだった。妻も子供もいる人と思い込んでいたから、彼の家庭をきかなかったのだ。

『寂しいでしょう?』

『寂しい』

彼は目を細くしていった。

帰途のタクシーの中で、彼女のほうから彼の手を握った。別れぎわには力をこめた。

亜綺子は帰りを客に送られる夜がしばしばあった。客の中には、彼女がどんな部屋に住んでいるのか見たいものだとか、厚かましい男は、トイレを借りたいなどといった。ホステスは男からちやほやされるのが習慣化しているが、軽視されてもいるのだった。『二人きりでゆっくりできるところへ寄って行きたいな』と誘って、手を放そうとしない男は、一人や二人ではなかった。『ママのことが好きなんだ』といって、車内で唇を近づけてくる男もいた。そのたびに彼女は、男の手や肩を軽く叩いてすり抜けてきた。

本多は、彼女の手を握り返したが、唇を押しつけるようなことはしなかった。簡単に女を誘うことのできない男だったことが、あとになって分かった。

3

「いつから、お店を開いていたんですか？」

三也子は、亜綺子のグラスに氷を落とした。

「三十五のときでした」

六年間、店を自営していたということか。

自己資金で始めたのか、それとも資金を援《たす》けてくれた人がいたのかまでは、三也子は立ち入らなかった。

夜は九時近くなった。都会なら宵《よい》の口《くち》だが、山間《やまあい》の宿は人声がしなくなった。川音がかすかに鳴っていた。風が木々の葉を揺らす音もきこえた。

「早起きしなくてはなりませんから」

紫門が促した。

亜綺子はさっと立つと、酒のボトルをザックに入れた。

三也子がグラスを片づけた。

亜綺子は出入り口に寄った寝床にもぐり込むと、「お寝《やす》みなさい」と、細い声でいって背中を向けた。

紫門が窓ぎわの床に入った。

鳥の声と人声で目を開けた。窓のカーテンが白《しら》んでいた。窓の下で靴音がした。早発ちの登山者が何人か登って行くらしい。

亜綺子は、ゆうべのまま身動きしなかったように、顔を出入り口のほうへ向けて寝ていた。酒を飲まないと眠れない、といった彼女だったが、熟睡できたのだろうか。三也子がそっと起き上がり、紫門を向いて笑った。亜綺子を起こすつもりなのか、彼に話しかけた。

亜綺子は布団の襟を摑んで上体を起こしたが、しばらく目を瞑っていた。目覚めていないというよりも、よく眠れなかったといっているようだった。

紫門も三也子も、寝つきはいいほうだ。テントでの雑魚寝でもよく眠った。そういう人間でないと山屋《やまや》はやれない。

目を覚ますためか、亜綺子はパジャマの襟元を摘んで、窓辺の椅子でタバコを吸った。カーテンを開けた。

「川が、きれい」

紫門をほっとさせる明るい声だった。

「天気はどうですか?」

三也子がきいた。

「曇っているようですけど……」

亜綺子はかたちのよい顎を上げた。

「水物は重いから、私が持ちましょう」

紫門はウイスキーのボトルのことをいった。

「大丈夫です」

亜綺子は、酒を片時も手放せないといっているようだった。

空は白い。雲は動いていなかった。好天の予兆だ。

亜綺子は普段から食が細いのか、朝食のご飯を半分ほど残した。

徳沢《とくさわ》あたりまで歩けば、山を登れる人かどうかの判断がつくと思った。

三也子が先頭に立ち、亜綺子を引っ張り、紫門が後押しするかたちをとった。紫門や三也子のように、この往還を数えきれないほど歩いた者にとっては、なんでもない緩い登りだが、初心者にはこたえるものである。

明神《みょうじん》で休んだ。河童橋から約四十分を要した。

亜綺子は、二人に背中を見せてタバコを吸った。一本吸いおえると、森林や山小屋の売店へ出入りする人を眺めた。昨夜は、本多との出会いを語ったが。けさは口数が極端に少ない。

道が曲がりはじめた。二人のあいだにいる亜綺子は、さかんに首の汗を拭いた。

道が右に折れるところで、どんと梓川に突き当たった。白い石河原の中を流れは幾条もに岐《わか》れて蛇行していた。明神岳の頂稜を陽が照らした。

亜綺子は紫門の前から逸《そ》れると、ザックを下ろしてカメラを取り出し、山を仰いでシャッターを押した。ケショウヤナギの大木にも焦点を当てた。

彼女は胸の中では、初めて目にしたものに感動しているのだろうが、それを口に出さなかった。感情のおもむくままに、手を動かし、足を進めているようなのだ。

亜綺子はふいに立ちどまった。歩きつづけて息苦しくなったのかと思った。

「鹿」

彼女はつぶやいた。

三也子が振り返った。

亜綺子の目を見て、その視線の延長を追った。

紫門も同じだった。

浅瀬の中をカモシカが悠然と渡っていた。目に映ったものの感想を言葉にしないのが、亜綺子の特徴らしかった。

「もっと近くで、カモシカに出会うことがありますよ」

三也子がいった。

亜綺子はうなずきもせず、川を渡る足の長い動物をじっと眺めていた。

徳沢の草原には赤や黄のテントがいくつも張られていた。二軒の山小屋を亜綺子はカメラに収めた。もしかしたら彼女は、本多から同じ風景の写真を見せられたことがあったのではないか。

草原のカツラの木の下にザックを下ろした。

亜綺子は黒いザックを置くと、二人に断わらず、徳沢園に向かってまっ直ぐ歩きだした。なにか用事があるにちがいなかったが、彼女の身動きには節があった。

流れ出ている清水の中に、飲料水やビールが冷やしてある。亜綺子はそれに向かって一散に走っているといった格好だった。

水の中から取り出した缶を手に取ると、二人のほうを振り返って、「どれがいいですか?」と、身振りできいた。紫門と三也子は、大きくうなずいて見せた。

亜綺子は缶ジュースを三本持ってもどってきた。

蒼い空が広がりはじめた。亜綺子はジュースに咽《む》せた。膝《ひざ》にタオルがあるのに、手の甲で口を拭った。

「ちょうど二時間」

時計を見ていった。

「順調ですよ。このぶんだと、槍沢ロッジまで行けそうですね」

紫門がいうと、亜綺子は彼の描いた地図と行程表を開いた。

下ってきたらしい男の三人パーティーが、草原に大型ザックを置くと、寝転がった。荷の重さがこたえているようだった。

徳沢から横尾まで一時間二十分を要した。

「彼女、少し疲れてきたようね」

亜綺子が手洗いへ行くと、三也子がいった。

「水が冷たいですね」

亜綺子は、タオルで手を包むようにしてベンチにもどってきた。

疲れたかときくと、

「少し」

といって頰をゆるめた。

食事を摂りながら、槍沢ロッジへはあと二時間だが登れるかと紫門がきいた。

「歩けます。もっと急な登りかと思っていました」

「これから山径《やまみち》らしくなって、おいおいきつくなりますよ」

「大丈夫です」

彼女は、これから登って行くほうを向いた。

河原寄りにはテントが見えた。その先には欄干のない橋が梓川を渡っている。

三也子は、ウインドブレーカーに袖を通したが、亜綺子は腕組みしただけでいた。

紫門は両腕をこすった。

七月とはいっても、いつもなら半袖シャツでは寒くていられるものではないが、きょうも気温は異常に高いようだ。

山小屋の主人が食堂へ下りてきた。

「なにかありましたか?」

紫門の顔を見ると、山の事故を連想するらしい。

「こんにちは」

三也子が挨拶した。

「なんだ、片桐さんじゃないか。見違えちゃったよ。色は白くなったし」

「そうね。救助隊にいたころは、まっ黒だったものね」

椅子に腰を下ろした主人は、山の見回りにでもきたのかと紫門にきいた。

「きょうは案内です」

主人はうなずいて亜綺子を向いた。

彼女は軽く頭を下げた。

主人と紫門と三也子は、山の思い出話を始めた。

亜綺子はすくっと椅子を立つと、外へ出て行った。後ろ手でガラス戸を閉めると、石の積まれている川のほうを向いてタバコを吸いはじめた。

紫門は亜綺子が少しずつ分かりだした。三人で山にきたのに、自分だけが会話に入れないでいる。その空気が耐えられないらしい。知識のない話を黙ってきいているよりも、独りになったほうが気が楽だといっているようだった。

紫門は彼女を疎外したのではなかったが、配慮の不足を後悔した。きょうの主役は亜綺子だったのである。

4

薄暗い樹林帯を歩いた。細い枝沢の流れに丸太を二本組んだ橋が架かっていたが、丸太のあいだは一〇センチばかりあいていた。三也子は足を少し開いて、なんなく渡りきったが、亜綺子は丸太に片足をかけたまま立ちどまった。二本の丸太がごろりと動くように見えたのではないか。

紫門はそれを見て、彼女のザックを後ろから支えて進ませた。二人が同時に渡ったから、丸太の橋はゆさゆさと揺れた。

渡りきると亜綺子は胸を押さえてしゃがみ込んだ。紫門と三也子は顔を見合わせた。山径を初めて経験する人の恐怖を考えてやらねばと思った。

白い河原に飛び出した。樹林の上に槍ヶ岳の尖峰が望まれた。

「あれが槍ヶ岳ですか」

亜綺子は、両手をザックのストラップにかけて遠くを眺めた。懐かしいものを見ているような姿だった。

一ノ俣谷《いちのまただに》の荒々しい流れを見、二ノ俣《にのまた》の合流点で吊橋を渡った。亜綺子は手すりを摑んだり、白い帽子に手をやったりした。沢音をきくまいと、耳をふさいでいるようでもあった。彼女にしてみれば、揺れる橋を悠々と渡っていく三也子が不思議でならないのではないか。

本格的な登りにかかった。紫門の背中も汗を吹いた。亜綺子の息づかいがきこえた。

樹間に山小屋を見つけると、亜綺子は、「はあっ」と、深い息をついて紫門を振り返った。汗の粒が頰を伝い落ちていた。

「がんばりましたね」

三也子がねぎらった。

亜綺子はなにかいいたそうだったが、激しい息づかいが言葉を消した。

彼女がいままで見てきた徳沢の二軒の山小屋や横尾山荘とくらべたら、槍沢ロッジは素朴である。

上高地から六時間あまりかかった。初めての亜綺子にしては、よく歩いたものである。彼女は時計を見て、指を折った。

部屋に入ると亜綺子は、セーターを着て横になった。疲れがどっと出て、眠くなったようだ。

三也子が、布団に入って寝ることをすすめた。

亜綺子はセーターのまま布団に入ると、顔半分を隠して目を瞑った。

紫門と三也子は階下へ下りた。

二時間あまりたって、三也子が部屋のようすを見に行くと、まだ寝息をたてているという。たぶん昨夜はよく眠れなかったのだろう。

夕食の匂いが山小屋の中にただよいはじめたころ、亜綺子が階段を下りてきた。二人を見て、はにかむように笑った。

よく眠ったからか、山径を歩いたせいか、亜綺子は夕飯をきれいに食べた。

これまでに紫門は初心者を何人か山に案内したことがあったが、食欲の湧かない人には気を遣った。高度に弱い人は頭痛を訴える。

夕食がすんで一時間ほどたつと、

「いつも、こんな時間からは飲まないんですが……」

と亜綺子はいって、ザックから例のウイスキーのボトルを取り出した。

今夜は氷がなかった。紫門が冷たい水を汲《く》んできた。

彼と三也子は、亜綺子の酒を一杯だけもらってから、日本酒にした。

亜綺子は、樹林のあいだから昇っている清流の音をききながら、三杯ほど飲み、目の縁をほんのりと赤くした。昨夜とは酒のまわりかたが異なっているようだった。

「本多さんとは、いろんなところへ旅行なさったそうですね？」

三也子は日本酒を舐めるように飲んだ。

「北海道へも、北陸へも、九州へも連れて行ってもらいました」

亜綺子は窓に目をやった。ガラスを墨で塗りつぶしたようになにも見えてはいなかった。風が出てきたのか、沢音が高くなったり遠のいたりした。


一昨年の三月のことだった。本多はそれまでのように亜綺子をタクシーで送った。その道中、彼女が握った手を固く握り返した。

『愛知県の蒲郡《がまごおり》というところを知っていますか？』

『地名だけはきいたことがあります』

『三河《みかわ》湾に沿った観光地で、知多《ちた》半島と渥美《あつみ》半島がカニのハサミのように突き出した、湾の奥にあります。夕陽がとてもきれいで、夕方、トビが群れをなして上空を渡るということです』

『そこへ行くの？』

『二泊ぐらいの旅行を、一緒にできないだろうか？』

彼は控えめなききかたをした。

『連れてって。一泊は日曜にしていただければ』

彼は、ほんとに一緒に行ってくれるかと念を押した。

『一週間ぐらい前にいってくだされば、店の子に頼んでおくから』

一日おいて店へきた彼は、蒲郡旅行の計画を話した。

彼女は三年ぐらい旅行をしていなかったのを思い出した。

その日は十日後に訪れた。豊橋《とよはし》まで新幹線で行き、蒲郡までローカル線に乗った。タクシーで着いた先は西浦《にしうら》という温泉地だった。彼が予約していた部屋の窓は三河湾を向いていた。

二人に意地悪するように、海の上の空には雲が張り出していた。トビの群れも見ることができなかった。彼が窓辺に据えたカメラの三脚は役立たなかった。

彼は亜綺子にレンズを向けた。

彼女は微笑んだ。彼に姿を与えた気がした。彼は写真を大切にしてくれそうに思われた。

二人は二度も三度も、温泉に入り直し、からだを温めた。

次の日、彼が望んだ光景が眼前に展開した。日没の近づいた太陽が、海原《うなばら》に銀鱗《ぎんりん》をきらめかした。小島が黒く浮いていた。漁船が航跡を白く引いて横切った。

『あれだ』

　空を仰いでいた本多が叫んだ。

　黒い虫の群れに似たかたまりが、上空をゆるりと旋回してホテルの屋根に近づいてきた。それがトビだった。百羽ぐらいはいそうだった。

　彼は望遠レンズでさかんに撮った。そのときは彼女の存在を忘れたようにとりつかれていた。

　彼女には黒い鳥の群れが不気味だった。不吉な予兆のように思われてならず、ホテルの屋根を越える大群を見ていることができなかった。

　鳥の群れが消えると、海が淡色に輝きはじめた。まるで海がまっ赤に燃えているようだった。陽が沈んでも彼は窓辺を離れようとしなかった。もうひとつべつの世界が展《ひら》けるのを、じっと待っているようだった。

　彼女は放っておかれた。彼の背中が彼女を拒んでいた。

　小島の岩上に赤い灯がついた。知多半島の中央部にも赤い灯がついて、それが全面暗黒となった海原で呼吸を始めた。窓から冷たい風が入っているのに、彼は灯台の灯に息を合わせて窓辺を動かずにいた。

　亜綺子は、ウイスキーをボトルで頼んだ。夜中から飲みはじめたのだ。

　彼も付き合っていたが、日付があらたまったころから表情を変えた。夕方、彼が二時間も彼女を忘れて窓辺を動かなかったことに対して文句をいったからだ。

『わたしを連れてきておいて、話しかけると、うるさそうにしたわ。わたしは寂しかった。ついてくるんじゃなかったと思った』

たぶん午前二時ごろまで、彼にからんでいた。彼は眠いのをこらえて、彼女の抗議に何度も謝った。

旅行のあと、本多は十日ばかり店へこなかった。蒲郡の二晩目の真夜中の、彼女の酔いかたと愚痴に辟易《へきえき》して、今後寄りつかないのではないかと思った。自分の悪い癖を嫌われたのだ。しかたのないことだとして、彼女は彼に電話もしなかった。

『珍しく仕事が忙しくて……』

彼は、カウンターに肘をつくなりそういった。

諦めかけていたのだが、彼女はほっと息をついた。

夏は本多に誘われて、北海道へ四泊の旅行をした。蒲郡のときもそうだったが彼は取材だった。

彼は牧場で牛を見ていたかと思うと、そこの主人に話しかけ、牛舎に入り、二時間も出てこなかった。

彼女は牧草の上にすわって、ただタバコを吸っていた。五分おきぐらいに時計を見ていると、二時間は長かった。一人でホテルへ帰ってしまおうかと何度も思った。付近には彼女の興味を惹くものはなにもなかった。緑の草原が広がり、牛が草を食《は》んでおり、彼方《かなた》に海が見えるきりだった。

三晩目の真夜中、亜綺子は酔うと、

『日向《ひなた》に二時間以上も放っておかれて、わたしは病気になりそうだったわ』

と文句をいった。『あなたは一人でくればよかったのよ』

彼はまた謝った。

一月に佐渡《さど》の荒海を、本多に誘われて見に行った。海がひどく荒れ、二日間船が出なかった。二泊の予定が四泊になった。

鹿児島へも能登の旅行にも、彼は亜綺子を連れて行った。

能登の宿で彼は、『一緒に暮らしたい』といった。それも真夜中だった。

『なれるわけないでしょ。わたしのことをよく知らないから、そんなことというのよ』

彼女は邪険ないいかたをした。

彼は、『これからも同じことを何度もいう』といった。彼女を理解するまで待つという意味らしかった。

5

「すみません。またこんな話をしてしまいました」

亜綺子はウイスキーのボトルを、ザックにしまった。その手つきは、大切な人形を扱う少女のようだった。明朝、早く起きる必要がなかったら、この人は三時間でも四時間でも、飲みつづけていそうに思われた。

亜綺子は窓に額をくっつけるようにしてから、外へ出てみたいといった。

「寒いですよ」

三也子はいいながらダウンジャケットを羽織《はお》った。

亜綺子が黒いザックから出したダウンジャケットも黒だった。

階下には人の気配がなく、小さな電灯が一つついていた。

「大きい」

亜綺子は空を仰ぐと星のことをいった。「降るごとく」とか、「手がとどくような」とはこのことで、濃い藍色《あいいろ》の地《じ》にちりばめられた星は、落ちてくるように近かった。

「本多さんも、この山小屋に泊まったのでしたね?」

亜綺子が思い出したように紫門にきいた。

「そうです。去年の十月十四日でした」

　本多は、亜綺子宛の置き手紙を、この山小屋で書いたのかもしれない。彼が槍ヶ岳付近で死んでいるとしたら、ここで決意し、それを誰に伝えるべきかを考えたとき、亜綺子が浮かんだような気がする。彼は、遺書とも受け取れる手紙の中で、彼女を非難するようなことを書いているが、彼女のほかになにかを書き遺したい人がいなかったようだ。それだけ彼女に対する愛情が強かったと考えてよいのではないか。

「わたしは、あの人に甘えたかった。わたしだけをじっと見ていてほしかった。だから酔うと、からむように文句をいいました。……それまで何人かの男の人を知っていましたけど、本多さんのように、黙ってわたしの話をきいてくれる人はいなかった。本多さんが憎くて、ぐずぐずいったんじゃないのに……」

　亜綺子は頭上を仰いで、小さな孤独な光の集まりに向かって話しかけた。


　朝起きると、亜綺子は寝床で足をさすっていた。

　足が痛むかと紫門がきくと、彼女は無言で首を横に振った。この人の普段は口数が少ないようだ。

　きょうの行程が五時間ぐらいの登りであるのを、承知しているはずである。

　昨夜は冬の空のように澄みきっていたが、けさはどんよりと曇って、空気が重い。

樹林の中を登るうち、後ろからきた男女の五人パーティーが追い越していった。トップの三也子は、亜綺子の足を気遣うように振り返った。

ダケカンバやナナカマドの林に変わってきた。高度が上がったということだ。

右側から急斜面がのしかかってきた。赤沢山《あかさわやま》のせり出しである。ここでは誰もが足を速めようとする。岩の落ちてくる恐怖感がそうさせるのだった。

岩屑を踏んで登ると、赤沢の岩小屋があった。昔は槍ヶ岳登山の重要な根拠地だったと、紫門が岩小屋を説明した。

岩小屋ときいて亜綺子は足をとめたが、タオルで汗を拭うと、前を登る三也子に追いつこうとするように歩きはじめた。

紫門は背後から亜綺子を観察していて、この人は本多だけでなく、何人もの男から「可愛い女」とみられたろうと思った。

昨夜、彼女はこういったものだ。「本多さんほどわたしに気を遣ってくれた人はいませんでした。それがかえってうっとうしいと思うことがありました。それはわたしが男相手の商売だったからでしょう。……飲みにきて、わたしを誘う男の人は何人もいました。水商売をやっていくからには、特定の男がいるよりも、客としてきてくれる人が大勢いるほうが嬉《うれ》しかった。そういう気持ちが根にあったからでしょうか、彼にはつい素《そ》っ気《け》ない振る舞いをすることがあったんです。彼には冷たい女と映ったことでしょう」

槍沢のキャンプ地に着いた。亜綺子は、紫門の差し出した水を喉を鳴らして飲んだ。流れる汗と、息苦しさとたたかっていた。

三也子はザックに寄りかかって両手を伸ばした。「こんなにのんびりできる登山は、初めて」といっているようである。

亜綺子は突き上げるような傾斜を見て胸に手を当てたが、ザックに腕を通すと三也子を追った。

今年の雪渓は幅がせまい。年によっては七月中旬までアイゼンが必要だ。三人は雪渓に入らず、右の斜面を登った。薄陽が射してきて、山が明るくなった。坊主岩小屋に着くまで天気がもってほしい、という紫門の希《ねが》いが通じたようだ。

雪渓が終わったところから、急登になった。最も苦しいところだ。

亜綺子が遅れると、三也子は足を休めて振り返った。上部にも下のほうにも登山者がいた。登る人が何人もいるから登れるのだった。

急坂を登りきると平坦地があった。三也子が上方を指差した。亜綺子は正座するような姿勢のまま槍ヶ岳の全貌《ぜんぼう》を仰いだ。汗を拭いた。涙を流しているようにも見えた。

「坊主岩小屋ですよ」

岩の積み重なりを三也子が教えた。夢中になって登り下りする人は気づかず通り過ぎてしまう岩小屋である。

「よく登りました。きつかったでしょ」

紫門がいうと、亜綺子は岩の上に膝をついて手を組み合わせた。

「ありがとうございました」

彼女の口がそう動いた。

岩小屋に紫門がくぐり込んで出ると、亜綺子に入ることをすすめた。

彼女は暗い岩小屋の中で正座し、合掌してしばらく動かなかった。地面を何度も撫でてから岩小屋を出てくると、岩のうえにすわり、

「彼はなぜ、こんなところへ置き手紙をしたのでしょうか?」

と、紫門と三也子の顔にきいた。

それは本多にしか分からないことだった。

「来宮亜綺子様」と宛名を書いたのだから、彼女に直接郵送してもよさそうなものだった。

本多は亜綺子に過度の期待をかけていたらしい。だから一緒に暮らしたいといったのだろう。だが彼女のほうは彼に手応えを与えなかった。たびたび会い、彼女のようすと心の動きを観察していたが、いっこうに彼に寄りかかってこなかった。

本多という男は女性と会ったり、たまに一緒に旅行したりするのを、楽しみにして

いるだけでは満足できない男だった。亜綺子の癖の強さが分かっても、ともに生活したかったのだ。愛した相手の生活が見えない暮らしには、耐えられなかったようだ。紫門が想像するに、彼女が本多と一緒に暮らすことを承知したら、店をやめてくれといったと思う。

亜綺子は、あらためて岩小屋の暗がりをのぞいた。彼女が求めている回答が岩小屋のどこかに落ちていないかと、さがしているようでもあった。

槍ヶ岳山荘まで登りたかったが、亜綺子の疲れ具合を見て、きょうの宿は槍ヶ岳殺生ヒュッテに決めた。槍ヶ岳山荘より四十分ほど手前である。

個室が空いていた。雨さえ降らなかったら、あしたは亜綺子を槍ヶ岳へ登頂させたかった。

部屋に入ると、彼女はすぐに眠った。

「初山行が槍ヶ岳というのは、相当こたえていると思うわ」

食堂のテーブルに紫門と向かい合うと、三也子はいった。

「下りの体力は残しておかないとね」

紫門はコーヒーをもらった。

「あなたは、槍ヶ岳に何回ぐらい登っているの？」

「頂上へ立ったのは、十回ぐらいかな。学生時代の夏休みに、槍ヶ岳山荘でアルバイトしたことがある」

「布団干しね」

「小屋の補修や調理場も手伝ったよ」

「わたしは五回登っているわ。最初は高校のとき。女子ばかり十人できたんだけど、ものすごくきつかったのを覚えている。次の年に北穂《きたほ》へ登ったけど、あまり疲れなかった」

三也子は、亜綺子が夕食に起きられるだろうかと心配した。

四時間も眠れば起きられるだろうと、紫門は時計を見ていった。

「君は、気疲れしただろう」

「平気よ。気を遣っているのは、あなたのほうよ。彼女のお酒に付き合っているし」

「彼女、家にいても毎晩飲むっていうけど、一本ぐらい空けることがあるんじゃないかな」

「ああいうタイプの人、わたしは初めてだけど、女性から見てもすごく可愛い感じね。お酒に酔って、彼にからんだりしないで、素直に甘えればよかったのに」

玄関であわただしい足音がした。男の声が大声で呼んだ。

山小屋の従業員が出て行った。

「すみません。怪我人が出ました」

男がいっている。

紫門と三也子は、反射的に椅子を立った。

怪我人は、一〇〇メートルほど下で動けなくなっているという。

紫門と三也子は、山靴を履いた。従業員が担架を出し、ロープをかついだ。

山小屋を出ると、怪我人がいる位置が見えた。三人パーティーの一人の男が、カメラを構えたまま転倒し、足をひねったらしいという。

怪我人は三十歳見当だった。転倒した拍子に急斜面を三〇メートルぐらい滑落したもので、顔からも口からも血を流していた。蒼い顔をしてものをいわない。足を痛めたのかと紫門がきくと、わずかにうなずいた。

怪我人を担架にのせた。山小屋の従業員と、近くにいた登山者の手を借りて、山小屋へ運び込むことにした。

山小屋へ着いた。怪我人は虫の息だった。

「お腹《なか》も打っているみたいね」

三也子がいった。

紫門は豊科署へ電話した。小室主任が出た。

紫門は、怪我人は重傷だと伝えた。

「よし。すぐにヘリを出す」

三十分ほどすると、ヘリコプターの音が近づいてきた。

階下の騒ぎに目を覚ましたらしく、亜綺子が階段を下りてきた。怪我人が出たのだときいて、ダウンジャケットの襟を摘んだが、紫門と三也子が救助に当たったと知って目を丸くした。

怪我人はヘリに引き揚げられた。松本市内の病院へ搬送される。生命に別条のないことを、紫門らは祈った。

三章　黒い骸《むくろ》

1

今夜も亜綺子は、酒なしではいられないようだった。ウイスキーは半分ぐらい減っていた。

三也子は日本酒のカップを手に包み、

「能登の宿で、本多さんがあなたにプロポーズしたとき、『わたしのことを知らないから……』と、彼にいったそうですが、なぜそんなことを？」

と、首を傾《かし》げた。

亜綺子はタバコを消した。

「わたしがどんな育ちかたをしたのかを、本多さんにも詳しく話したことがありませんでした。それを知っている他人《ひと》は、そのころ住んでいた下町の近所の人たちだけです」

「経済的なことをおっしゃっているんですか？」

「それは貧乏でした。でも家にお金のないことには馴れていました。なんとか高校を出ることができたのですから、食べられなかったわけではありません」

「ご兄弟は？」

「妹が二人います」

「ご両親は苦労なさってお子さんを三人育てられたんですね」

「父は、わたしが中学に上がったとき、家にいませんでした」

「家にいらっしゃらないって？」

「好きな女性とべつのところで暮らしはじめたんです。末の妹は一歳ぐらいでした。母はお金がなくなると、末の妹をおぶい、わたしと上の妹を連れて、父の住んでいるところへ行きました。父の勤め先が分からなかったので、それはいつも夜でした」

「お父さんは、あなたたちが可愛くなかったんでしょうか？」

「そうでもなかったんでしょうけど、好きな女性とは一緒にいたかったんでしょうね」

「お母さんはお気の毒でしたね」

亜綺子は、自分のグラスにウイスキーを注ぎ足した。

「わたしが中学三年のときでした。今度は母に好きな人ができました」

三也子は、あきれたというふうに紫門に顔を振った。彼女には亜綺子の母が理解できないのだろう。

「母は好きな人と会いたいけど、三人の子供にまといつかれて、毎日苛々《いらいら》していました。末の妹が泣くと、『うるさい』といって怒鳴りました。夜になると、わたしに子守りをさせて出て行きました。学校へ持っていくお金がないと、わたしは妹を二人連れて、父のところへ行きました」

彼女は表情を少しも変えずに話した。

亜綺子が、父のいるアパートのドアを叩くと、たいてい女が顔を出し、「またきたの」という顔をした。父はたいてい酒を飲んでいた。酔った父に、彼女は母のことを話した。父は黙って、わずかな金を亜綺子の掌にのせた。

母はよく亜綺子の頰を叩いた。電話で男といい争っていることもあった。男との関係がうまくいかないと、亜綺子に八つ当たりするのだった。母の顔はしだいに険しくなった。

修学旅行の費用を学校へ持って行かなくてはならないというと、『お父さんのとこへ行って来な』と、怒鳴られた。

父は、母にも亜綺子にも告げずに転居した。

たぶん一緒に暮らしている女に、引っ越そうといわれたらしかった。

ある晩、亜綺子が父に金をもらいに行くと、ドアが開かず、家に灯《あか》りがついていなかった。

『お父さん』亜綺子は呼んだ。隣室の主婦が顔をのぞかせ、引っ越したといった。その人は亜綺子らがたびたび訪れていることを知っていた。主婦は亜綺子を自分の部屋に入れ、父と女の荷物を運んだ運送会社の名を教えてくれた。『そこへあんたが行ってね、よく頼むといいよ。きっと教えてもらえるよ。父娘《おやこ》のことだもの』主婦はミカンを袋に入れて持たせてくれた。

亜綺子は、父の住所が分からないと一家は死ななくてはならないと思った。学校よりも父の居所をさがすことが先決だった。母は顔色を変えたが、自らさがしに行こうとはしなかった。

亜綺子は運送会社へ行った。父と女の荷物を運んだ運転手は、『べつに口どめされたわけじゃないから』といって、引越し先を教えてくれた。彼女は母に断わらず、父の転居先を訪ねた。そこは隣りの区だった。

『落ち着いたら教えようと思っていたんだ』父はそういった。

『わたしたち三人が働けるようになるまで、絶対にどっかへ行かないでね』亜綺子は父にいった。

『しつこい子ね』女が白い目を向けた。

『この人、誰?』亜綺子は女をにらみつけた。

『なんてことというのよ。いままで出してやったお金の半分は、わたしが稼いだものなんだよ。礼もいわないで、誰とはなによ』女は血相を変えたが、亜綺子は父に金をねだった。

　引っ越しに金が要ったから、きょうはやれないと女がいった。

『少しやってくれよ』父は気弱そうな目をして女に頼んだ。女は千円札を亜綺子の前へ放った。もう千円くれと彼女はねばった。女が硬貨を出した。

　亜綺子は歩いて帰った。夜中に家に着いたが、母はいなかった。男に会いに行ったのだった。

　母は男にフラれた。四、五日、ろくに物を食べず、三人の娘に背中を向けて黙っていた。

　母は働いていたが、どこに勤めても長つづきしなかった。不満を持ちやすい質《たち》で、上司や同僚と衝突するらしかった。

　少しばかり器量がいいのと、夫がいないのを知った勤め先の男が彼女を口説《くど》くらしく、前の男と別れて一か月もしないうちに恋人ができた。相手には妻子がいた。

　ある晩、母は男を自宅に招いて、ビールを出した。母も飲んでいた。『なんにもいうんじゃないよ』母は亜綺子に忠告した。彼女がときどき母の素行をなじるからだった。

　そこへ男の妻が現われた。背の高い女だった。『三人も子供のいる人と……』妻はそういって、夫を連れて帰った。

母とその男は、それきり別れたようだった。勤め先をやめた母はまた四、五日、ろくに物を食べなかった。近所の人は、母がどういう人間か知っているらしく、付き合おうとしなかった。近所の主婦たちは、母のことを女の敵とみていたようだ。

亜綺子は高校へ進んだ。都から学資を借りたのだった。

彼女が高校へ上がって二か月ほどすると、母は父から金をもらってくるようにと亜綺子にいいつけなくなった。それどころかテレビと洗濯機が新しくなった。中小企業の社長の愛人になったからだ。滞っていた家賃を全納し、毎日の惣菜が変わった。日曜に亜綺子たちをデパートへ連れて行き、洋服や靴を買った。男からもらった金を銀行にあずければいいのに、母には浪費癖があったのだ。

母は社長とどこで会っているのか亜綺子たちには分からなかったが、週に二日は夕方出かけ、真夜中に帰宅した。当時三十九歳だった。

勤めをやめ、朝からテレビを観ているようになった。テレビに飽きるとパチンコ店通いを始めた。たまに菓子を持って帰ることがあった。

亜綺子が高校二年のとき、父と母は正式に離婚した。そのころ父は、前の女と別れ、べつの女と暮らしていた。

亜綺子は高校を卒業すると、墨田区内の化粧品製造会社に就職し、寮に入った。

二つ違いの妹は、高校三年のとき、妻子のある教諭と駆け落ちした。二か月後、広島市にいるのが見つかり、母に連れもどされた。教諭は帰ってこず、妻から離婚を宣言されたようだ。

妹は高校を中退した。ほかの高校に入り直せと亜綺子はすすめたが、『学校は嫌いだ』といって就職した。

亜綺子は、化粧品製造会社に六年間勤務して退職した。その会社で同僚だった人が、銀座のクラブでホステスをし、月に六十万円もの収入を得ているという話をきいたからだ。その人の紹介で同じ店に入った。そこに一年間いて、時給を多くくれるクラブへ移った。そこでは約五十万円の収入があった。

飲みにくる男の半数は彼女と関係を持ちたがった。なかには結婚してほしいという同《おな》い歳《どし》の男もいた。

彼女は客できた二人の男と交際した。二人とも所帯を持っていた。どの男とも関係は一年とつづかなかった。彼女のほうからは男の勤務先に電話しなかった。男をほんとうに好きになれなかったし、酔うほど酒を飲むと、男を非難する自分の癖を知っていたからだ。

母は社長と四年間ほど交際していたが、棄《す》てられた。社長に新しい愛人ができ、それを抗議したら、『別れる』といわれたらしい。

亜綺子が二十七の秋、彼女の胸に激震を走らせる事件が起きた。母が伊豆《いず》の海に身を投げて死んだのだ。母は温泉地の旅館で男の着くのを待っていたらしいが、男はやってこなかった。発作的に海に飛び込んだようだといわれている。ちょうど五十だった。

火葬場へ父がきて、三人の娘とともに骨を拾った。葬式はしなかった。料理屋へ上がって、四人で食事した。父娘で食事したのは十二、三年ぶりだった。妹は二人とも結婚していた。高校のとき、教諭と駆け落ちしたことのある妹の腹は突き出ていた。その年のうちに生まれるということだった。

亜綺子は十一年間クラブで働いて、小さな店を持つことにした。誰の援助も受けなかった。クラブにいるころになじみになった客が、きてくれるのを当てにできたからだった。

二十代の女の子を一人入れた。二か月に一度ぐらい、客が一人もこない日があったが、これはしかたのないことだった。総合的にみると、売り上げは予想通りで、自分の店を持ててよかったと思った。三年前の冬、本多良則という男がふらりと現われなかったら、彼女はいまも店をつづけていたにちがいなかった。

2

亜綺子が水割りを飲みながら話しているあいだに、雨音がきこえはじめた。あすの朝、雨が降っていたら行動しないことにした。

亜綺子は、ウイスキーが半分以上減ったボトルを、タオルでくるむとザックに入れた。急に気分でも悪くなったように寝床に入ると、布団を首まで引き上げた。

雨は白じら明けのころにやんだらしく、軒から雨滴が落ちていた。灰色のはずの岩が濡れて黒かった。厚い雲が槍ヶ岳を隠している。

けさも亜綺子は、寝床で両足をさすっていた。

槍ヶ岳へ登れるかと紫門がきくと、どのぐらい時間がかかるかという。槍ヶ岳山荘まで四十分、槍ヶ岳山頂往復に一時間を要すると答えると、窓から曇り空をのぞいて、自信のなさそうな表情をした。槍の肩まで、急坂をジグザグに登るが、ベテランでも顎が出る。槍の肩まで登れず、殺生ヒュッテへ引き返した人を、紫門は何人も見ている。それほどきつい登り坂なのだ。

たとえ山頂に立つことができたとしても、きょうは一大パノラマの眺望を楽しむことは無理だろう。

いつもより朝食をゆっくり摂って下ることにした。緊張感がうすれてか、亜綺子はほっとしたような顔をした。彼女の目的は槍ヶ岳登頂ではなかった。本多が手紙を置いた坊主岩小屋を見ることだった。その目的ははたせたのだから、もう充分といってよいだろう。あとは無事、彼女を松本まで下ろすことだった。

昨夜の雨は激しかったようだ。下りはじめると、急斜面に雨が引っ掻いた爪跡が幾条もついていた。

亜綺子の下りの足取りは不安定だった。何度も尻をついたし、横に倒れたりもした。山径を二日間登った疲れが、足の運びかたに表われていた。細身の黒いパンツに砂粒がついても、彼女はそれを丁寧に払い落とそうとせずに歩きだした。どうやら細かなことに神経を使わない人のようだ。

昼の彼女は無口である。夜は淡々と自分生い立ちと過去を語った。本多は置き手紙に書いている。〔あなたの言葉は、いつもきれいでなかったが、光と影があった。強さと弱さがあった。昼と夜のように〕と。

けさの亜綺子は、坊主岩小屋をのぞかなかった。その存在を忘れてしまったように、足元を見てひたすら下った。

雨の心配はなくなり、山が明るくなった。一ノ俣の出合いで、河原に腰を下ろしてゆっくり休んだ。亜綺子は、自分の来し方《こかた》の一端を話すかと思ったが、拾った白い石をカチカチと打ちつけているだけだった。彼女の話は、夜きくほうが似合っていた。

ほぼ四時間半で横尾に着いた。紫門は小室主任に連絡を入れた。管轄地域のどこかで遭難事故が起きていないかが気になった。

「異常なしだ。ところで来宮さんのようすはどうだね？」

「だいぶ疲れたようですが、上高地まで下るのに問題はなさそうです」

槍ヶ岳には登頂しなかったというと、それは賢明だったと小室はいった。

徳沢まで歩けるかを紫門は亜綺子にきいた。

「大丈夫です」

彼女は目を細めた。昨夜、悲惨ともいえる少女時代を語った人とは思えない、穏やかな笑顔である。

径を逸れ、新村橋《しんむらはし》の中央部から梓川を見下ろした。三也子の提案だった。橋の上には初老のカップルがいて、写真を撮り合っていた。その二人に彼女はシャッターを押してもらいたいと頼まれた。カップルは寄り添うと腕を組んだ。夫婦のように見えた。

紫門は亜綺子のカメラで彼女を写した。彼女が自ら撮ってほしいといったのは、その一回だけだった。彼女は無表情で下流を向いて立っていた。彼は自分のカメラにも彼女を収めたいと思ったが、三也子の気持ちを思ってやめにした。

きょうは徳沢園に泊まる。

この山行中、亜綺子はどこにも電話を掛けなかった。絵はがきも、みやげ物も買わなかった。彼女は父親や妹と交流があるのだろうか。初めて訪れた北アルプスの、風や清流や山の音を伝えたい知友はいないのか。

日が暮れ、夕食がすみ、また亜綺子が酒を飲む時間が訪れた。暗闇の草原に張られたテントには、ぼんやりとした灯りがともっていた。

「もう一度、伺っていいですか？」

三也子が亜綺子にいった。「本多さんのこと、ほんとうに好きでしたか？」

「いまでも……」

亜綺子はウイスキーを注ぎ足した。

「彼がひょっこり、電話を掛けてよこすような気がします。電話が鳴るたびに、彼ではないかと、しょっちゅう思います」

彼女は、酒に酔うと彼にからんで勝手なことを口にすることを承知していた。彼に甘えていたからだ。そのたびに彼は彼女をなだめてくれた。あとで後悔がなかったわけではないが、嫌われるとは思わなかった。

「わたしは彼と、別れたいなんて考えたことは一度もなかった……」

亜綺子はグラスを置くと、腹に両手を当て、眉間《みけん》に皺《しわ》を彫って俯いた。

「お腹が痛むんですね？」

三也子が顔をのぞき込んだ。

亜綺子は、三也子の声がきこえなかったように、ザックを引き寄せた。小さな袋から白い錠剤を摘み出すと、口に放り込み、ウイスキーで飲み下した。こういうことには馴れていると、その顔はいっていた。

ウイスキーは、ボトルに四分の一ほどに減っていた。ボトルをタオルにくるむとザックにしまった。彼女はこれまでよりも早い時間に寝床に入り、紫門と三也子が話しかけるのを拒むように背中を見せた。


次の朝、上高地まで約二時間で下り、バスと電車を乗り継いで松本に着いた。

食事のためにレストランに入った。タバコを一本吸いおえた亜綺子は、なにかを決意したように背筋を伸ばした。

「彼の置き手紙を、何回も読みました。彼は、わたしに冷たくされたとか、わたしを飽きさせたとかと書いていますけど、死ぬ理由なんかないことに気がつきました。わたしは彼に、別れてくださいといったことは一度もありません。ですから彼は、山に発つ直前、わたしの店へ寄ってくれたんです。わたしとのことのほかに、彼に死ぬ理由があればべつですが、わたしがお酒に酔ってからんだり、訳のわからないことをいったというだけでは、自殺はしないと気がつきました。……わたしが彼と一緒になってもいいと思いはじめた矢先に、いなくなるなんて……」

彼女は唇を噛んだ。

「下山したら、杉並の自宅へ帰っているはずです」

紫門はいった。

「そうですね。それもおかしいですね。でも山へ連れて行っていただき、彼が手紙を置いた場所を見て、彼は死んでいないと信じました」

「本多さんは、山を下って、どうしたのでしょう？」

「それが分かりません」

彼女はハンカチを目に当てた。

松本で亜綺子は、みやげ物を買わなかった。

三也子は、夕方まで紫門と二人きりでいたいといって残った。

紫門と三也子は、特急列車に乗った亜綺子をホームで見送った。列車が動きだした瞬間、亜綺子の瞳がうるんだ。この表情は紫門の脳裏に長く残った。

五、六日後、豊科署にいる紫門に、亜綺子から丁重な礼状が届いた。その文面は、毎夜酒に頼らないと眠れない人の書いたものとは思えないほど、行き届いていた。商品券が同封してあり、〔片桐さんと救助隊の方々でお使いになってください〕としてあった。

「この礼状を読むかぎり、本多良則のいう来宮亜綺子が、同じ女性とは思えない。ほんとうに彼女は、旅先で酒に酔っては、本多を、困らせたり、哀《かな》しませたりしたのかな？」

小室は首を傾げた。

紫門は、亜綺子が酔った姿は見ていない。だが、本多とのことや、生い立ちや、家族のことや、経歴を語ったのは、酒を何杯か飲んでからだった。

紫門は槍ヶ岳の往還に、二コマだけ亜綺子を自分のカメラに収めていた。彼女にも三也子にも気づかれぬように撮ったのだ。

フィルムを現像した。一コマは坊主岩小屋の脇の岩に腰掛けているところ。一コマは槍ヶ岳を仰いでいる横顔だ。どこか古風で、憂《うれ》いのただよう寂しげな表情をしている。

3

北アルプスへ登る人の数がめっきり減った九月二十六日、槍ヶ岳の南東約二キロの残雪帯から、男の遺体が発見され、豊科署に通報があった。槍沢の往還から、天狗原《てんぐはら》を経て南岳《みなみだけ》にいたるコースの北側雪渓であるという。

紫門らの救助隊はヘリで現場へ向かった。

遺体を発見したのは、高山植物を研究している大学教授らのグループだった。彼らは登山コースをはずれた場所で、小さな植物を撮影していた。雪の上に浮くように黒いものが横たわっているのを見つけて、一行は近づいた。半ば白骨化した遺体と知って息を呑んだ。

遭難者とは思われたが、変死体であるから、豊科署では鑑識係を同行させた。

遺体に近づくと、着衣からすぐに男性であることが分かった。全体に黒っぽい服を着ている。

鑑識係は入念に遺体の周辺を検《しら》べ、二メートルほど離れた場所に男性の物と思われるブルーの大型ザックが、半分雪の上に出ていた。ピッケルがあり、ザックにはアイゼンが結《ゆわ》えつけてあった。このことから、遺体の男は降雪期か積雪期に入山したものと判断された。紺色のダウンジャケットのファスナーを開け、セーターの胸を出している。人相や年齢の見当はつかなくなっていた。

遺体をシートにくるみ、担架にのせた。

「頭を割っているようだね」

鑑識係がいった。

遺体は念のため解剖する。

紫門らは周辺に男性の遺留品がないかをさがしたが、なにも見つからなかった。

ザックだけを署に持ち帰った。身元の分かる物を検べるためだった。槍ヶ岳か南岳へ登ったか登ろうとした人にちがいないから当然だが、重装備をしていた。

着替えの厚い肌着や手袋や靴下が何足も入っていた。テントと炊事用具を携行していないところから、山小屋を利用しての登山者だろうという推測がついた。ザックの中身を検べたが、身元の分かる物は出てこなかった。たいていの登山者は、身分証明書か氏名や住所を書いた物を、着衣に入れているか、ザックに収めているものだが、それらが一つもない。

豊科署は定時記者会見で、男性の遺体を槍ヶ岳付近で発見したことを発表した。目下解剖して死因などを検べているが、身元は不明だといった。

「死後どのぐらい経過していますか？」

記者が質問した。

「一年ぐらいたっていそうです」

署次長が答えた。

「一年も……。それなら山へ登って行方不明になっている人の関係者に照会できますね」

「去年から今年にかけて、北アルプス南部に登って行方不明になっている男性が二人います。その人の家族に照会します」

「そういえば思い出しましたが、去年の十月中旬、槍ヶ岳直下の坊主岩小屋に置き手紙して、消息を絶った男性がいましたね」

「いました。いまだに行方不明のままです」

「その人の可能性は考えられませんか？」

「その可能性ありとみています。血液型や歯型などで照合することにしています」

「きょう発見された人は、なにか書いた物を持っていましたか？」

「ありません」

「着衣やザックの中から毛髪は発見されなかったでしょうか？」

「ザックの中の着替えに毛髪が付着していました。それから血液型を検査することにしています」


解剖検査の結果が出るのは、あすの午後だろうと次長はいって、記者会見を終わった。

地域課では、去年から今年にかけて、管轄地域内の山に登ったまま行方不明になっている二人の男性の家族に電話した。

去年の六月、行方が分からなくなっている人は、Eといって二十九歳で、住所は東京。単独で前穂高岳《まえほたかだけ》へ登るといって出発した。上高地のホテルを早朝出発したきり消息を絶った。自宅には登山計画書があった。上高地の宿にも計画書を出していた。次の日は岳沢《だけさわ》ヒュッテに宿泊することにしていたのだが、その山小屋へ着いていなかった。したがって前穂へ向かって登るうち、転落するか径に迷ったものと判断された。その日は午前中、深い霧だった。たぶん岳沢コースを登るうち、霧で進路を見失い、森林に迷い込んでしまったのだろうということになり、救助隊と本人の知人たちが捜索したが、ついに発見できなかった。今年の夏も知人のグループが山に入ったが、持ち物も見つかっていない。Eの血液型はO型である。

もう一人の行方不明者はTといって三十三歳。住所は大阪市。今年三月、Tは二人の山仲間と一緒に槍ヶ岳から東鎌尾根《ひがしかま》を経由して喜作新道《きさくしんどう》を大天井岳《おてんしょうだけ》に向かって縦走中、吹雪の中でTだけが消息を絶った。パーティーの二人は三日後、中房温泉に着いて捜索要請をした。二人とも携帯電話は持っていたが無線機はなかった。

ヘリコプターが喜作新道沿いを捜索したが、上空からは遭難者らしい姿を認めることはできなかった。

雪解けを待って、本格的な捜索を始めた。Tの山仲間も加わったが、やはり持ち物すらも発見できずにいる。登山コースの東側に転落したのか西側へ迷い込んだのかさえ分かっていない。Tの血液型はB型だ。

捜索願いは出ていないが、本多良則も行方不明のままである。

きょう遺体で発見された男性の身長の推定は、一七〇センチ程度だ。

捜索願によると、Eの身長は一七七センチ。Tの身長は一六八センチとなっている。

Eは単独行だった。家族は彼のザックの色が赤だったぐらいしか記憶していなかった。彼は年に二、三回は山行に出ていた。それまでの山行で大した怪我をしたこともなかったからか、家族は彼の登山装備に関心を持っていなかった。冬山はやらず、いつも山小屋利用だった。

地域課の係官は、Eの家族に電話で、きょう、槍ヶ岳の近くで男性の遭難遺体が発見されたことを伝えた。Eとは登山地が異なっているし、ザックの色も異なる。また血液型は分かっていないので、ある程度データが出た時点であらためて連絡するといっておいた。

喜作新道で行方不明になったTについては、同行者の二人が服装を記憶していた。Tは黄色のザックを背負い、赤いバンドをつけたピッケル、アイゼンを赤いバンドで結えていた。山靴はイタリア製の黒。靴紐も黒。ウエアはグリーンの羽毛入り上下だったという。

きょう発見された男性のピッケルバンドの色も赤だったが、山靴はかなり履き込んだ茶色で、日本製だ。ジャケットは紺色、ザックの色はブルーである。Tの装備品とは異なる部分がいくつもあるが、家族にはいちおう知らせておいた。服装については同行者の記憶違いも考えられた。Tの行方不明は今年三月だが、きょうの遺体を検《み》た鑑識係は、「死後一年ぐらい経過している」といっている。

紫門は、東京の来宮亜綺子に電話した。午後七時だった。去年の十一月、バーを閉めた彼女だったが、長期間休んでいられなくなり、ふたたび店を開かないまでも、酒場で働きはじめたことも考えられた。

「はい」

かすれたような女性の声が応じた。

「豊科署所属の紫門ですが」

「あっ、紫門さん。しばらくでございます。そのせつはありがとうございました」

彼女は落ち着いた声だった。

「じつはきょう、槍ヶ岳の近くで、男性の遭難遺体が発見されて、収容しました」

「男の方の……」

彼女は息を呑んだようだ。「本多さんでしょうか?」

「それはまだ分かりません。本多さんのほかにも山で行方不明になっている人がいるものですから」

「見つかったのは、どんなところですか？」

彼女は身を乗り出すようなききかたをした。

「この前一緒に登った、坊主岩小屋からは一キロ近く離れています。一年中雪のある場所です。登山コースからははずれているので、登山者の多い夏場でも発見されなかったのだと思います」

「年齢とか顔立ちとかは、分からないんですか？」

「なにしろ月日がたっています。係官が検《み》たかぎりでは、亡くなってから一年ぐらいたっていそうだということです」

「一年ぐらい……」

彼女は、壁に掛けてあるカレンダーでも見たのだろうか。

「来宮さんは、本多さんが山へ背負っていくザックの色やかたちをご存じでしたか？」

「いいえ」

亜綺子は本多の旅行には何度も同行したが、山行はしていなかったようだ。

発見された遺体が持っていた物を見せてもらうわけにはいかないか、と彼女はいった。

「もう少し待ってください。ご遺体を検査していますから、詳しいことが分かるでしよう。……来宮さんは、本多さんの血液型をご存じですか？」

「ご本人は、A型だといっていました」

紫門は彼女の話をメモした。

「本多さんには、身内の人がいないということですが、一人ぐらいご存じありませんか？」

「さあ、きいていません。ご両親は、ずっと前にお亡くなりになったときいています」

「ご兄弟はいなかったということでしたね？」

「そういっていました。いま気がつきましたけど、わたし、彼のご家族とかお身内の方のこと、まったくというぐらいきいてませんでした。三年前に奥さんを亡くされたということぐらいしか。……」

彼女は後悔しているようないいかたをした。彼の家族や過去も、少しはきいておくべきだったといっているようである。

「このごろは、毎日、家にいらっしゃるんですか？」

紫門は日常をきいた。

「本を読んだり、編み物をしたりしています。働くことを考えないわけではありませんが、必要以上にお金をもうけることや、他人と競争することが嫌《いや》で、つい引っ込み思案になってしまいます」

彼は、なにか分かったら電話するといって切った。

彼女はいまも、夜がふけるとウイスキーを飲んでいるのだろうか。いくら酔っても、話す相手はいないのか。

紫門は一度、彼女と二人だけで飲んで、彼女がどんなことをいうのかきいてみたいものだった。彼女は、相手が本多だったから、からんでみたり、愚痴をいったのであって、他人の前ではそんな酔いかたをしないのだろうか。彼女は性格的に不器用なのかもしれない。好きな男に、女らしく甘えてみることができない人なのではないか。

4

きのう、槍ヶ岳の南東に当たる雪渓で発見された遺体は、男性で、四十代から五十代。体格の推定は、身長一七〇センチ、体重六三、四キロ。血液型はA型。栄養状態に問題はなかった。

後頭部に裂創《れっそう》があり、頭骨にひびが入っていた。転倒したさいに後頭部を強打したものか、他人の力によるものかの判断はつかない。負傷は頭部の一か所のみ。

死後約一年経過。積雪期に入山して死亡し、約七か月間、全身雪の中にあった。そのため半身が腐乱をまぬがれていた。

身元確認の一手段として掌指紋を採取するが、この遺体からはそれが採れなかった。これらの解剖結果によって、北アルプス南部で去年から今年にかけて行方不明になった、EとTには該当しないことが分かった。

自宅で待機していた家族にその旨を知らせた。二人の家族は諦めきれないようすだった。Tの関係者からは、「血液型は間違いないでしょうか?」と、念を押す電話が入った。係官は、「Tさんの遭難場所と離れているし、死亡推定時も異なっています。別人です」と回答した。

小室主任に促されて紫門は、来宮亜綺子に電話した。

彼女は彼からの電話を待っていたように、受話器を上げた。検査結果を伝えると、遺品を見に行きたいといった。

遺体と本多の共通点は、体格、年齢の見当、血液型、行方不明になった時期である。

「ご遺体は、時計をはめていましたか?」

亜綺子はきいた。

「いいえ」

「どうしたんでしょう。腕にはめていないはずはないと思いますが」

「山行中に失《な》くしたことも考えられます」

彼女は、本多がいつも腕にはめていた時計を覚えているのだろう。しかし時計をいくつも持っている人がいる。彼女が本多の持ち物のすべてに通じているとは思われない。

翌日、亜綺子は豊科署に現われた。黒のスーツに灰色のシャツを着ていた。署には遺体が着けていた物が届き、ひとまとめにされていた。

紫門は、遺品を置いたテーブルに彼女を招いた。

小室たちも彼女の表情に注目した。

なにしろ一昨日《おととい》発見された遺体の登山者については、捜索願も照会も出ていなかった。きわめて珍しい例である。北アルプスに登ったきり帰ってこないとなったら、家族が捜索願を出すのが通常なのだ。

いまだに照会がないというのは、家族のいない人なのか。それでも勤務先があれば、そこから問い合わせがありそうなものだ。

亜綺子は遺品に近づいた。

ザックやその中に収まっていた物を入念に見ていた。ピッケルもアイゼンも靴もである。
十五、六分見ていたが、
「本多さんの物ではないような気がします」

といった。その顔は、雰囲気でそう分かるのだといっていた。

遺体の体格を紫門が話した。

「体形は似ているようですが、別の方だと思います」

彼女はテーブルから三、四歩退いた。

彼女は、本多がどんな色のどんな柄《がら》の物を好んで身に着けていたかを知っているはずだ。つまり彼の片鱗《へんりん》のようなものが遺留品に浮き出ていないらしい。

「あなたは、本多さんがいなくなってから、彼の住まいを見に行きましたか？」

小室がきいた。

「いいえ。一度も」

「本多さんは、あなたに置き手紙をしたが、亡くなったと思いますか？」

「いいえ。この前、紫門さんと片桐さんにお話ししましたが、彼はどこかで生きていると思います。わたし宛の置き手紙に書いてある理由では、死ぬことは考えられません」

亜綺子は顔を真っ直ぐに立てていった。

警察としては、遺体の身元を割り出さないわけにはいかなかった。

どういう方法があるかを検討した。

遺体発見現場は、槍沢と南岳を結ぶ登山コースに近いが、付近の山小屋はというと、槍沢沿い、槍ヶ岳周辺、あるいは飛騨側の槍平小屋《やりだいらごや》などがその範囲に入った。頭を割って死亡していた男の荷物には幕営《ばくえい》装備はなかった。したがって山小屋利用の山行とみるのが妥当だった。ピッケルとアイゼンを携行しているところから、降雪期か、雪が降るのを予想して登ったものと考えられた。九月下旬に雪が降る年もある。それ以降の山行だ。解剖では死後経過一年ぐらいといわれるが、その見解は正確とはいえない。雪に埋まっていた期間があるからなおさらである。

豊科署は、現場に関係しそうな山小屋から、去年の九月下旬以降の宿泊カードを取り寄せた。槍ヶ岳の近くまで登っていたのだから、どこかの山小屋に泊まったのは間違いない。

宿泊カードの中から、四十代と五十代の男性を抜き出した。そこからさらに単独行を選んだ。こうなると人数はぐっと絞られる。

もしも複数登山で、一人だけ山中に残して下ったのだとしたら犯罪が臭う。まして男の頭は割れていた。致命傷である。殴り殺し、山中に遺棄した線が強くなる。

刑事課が協力することになって、該当しそうな人に片っ端から電話を掛けた。

電話に応答がない人については、日をあらためるか夜間に掛けることにした。

電話番号が現在使われていないという人が三人出てきた。その一人が紫門が掛けた人だった。

去年の秋以降、転居したのだろう。山小屋でたらめな番号を記入したとは思いたくなかった。

どの宿泊カードにも住所が記入してある。使われていない電話番号の人に対しては、住所の所轄警察署に依頼し、転居先を調べてもらうことにした。

帰宅すると紫門は、東京の三也子に電話した。近況報告のつもりだった。

まず、槍ヶ岳の南東で男の遺体が発見され、遭難者とはみたが解剖して死因と死亡時期を検べたことを話した。

「ちょっと待って。北アルプス南部の地図を開いてみるから」

三也子はいつも紫門の話を熱心に聞く。

受話器に紙の音が伝わってきた。

「槍ヶ岳の南東って、槍沢のこと？」

「そこから南岳へ登るコースがあって、天狗原というところがあると思うけど」

「池があるわね」

「そこの北側だ」

「わたし、そのコースを歩いたことないわ」

「登山者の少ないコースだ」

「その人、どうして登山コースをはずれたのかしらね？」

「それも疑問の一つだが、頭が割れていた理由も不明なんだ」

「そこは転落事故が起きそうな地形なの？」

「径を間違えて岩の上に登り、そこから転落したことが考えられなくはないけどね」

紫門は、来宮亜綺子に連絡したことと、彼女はもしや本多良則ではないかと思い、きのう、署へやってきたことも話した。

「本多さんではないのかしら？」

「ぼくはそうじゃないかと直感したんだ。彼女は遺品をよく見てから、本多さんではないといった。確信がありそうだった」

「じゃ別人でしょうね。来宮さんがじかに見れば、そうかそうでないかの判断がつくと思う。もしもわたしが、あなたの着る物や、持ち物を見たとしたら、はっきり区別をつけられると思うわ」

「彼女の目を信じていいということだね」

「彼女は、遺体は本多さんじゃないかと思って訪ねたような気がするの。彼ではないと分かって、ほっとしたかしら？」

「どうだろうか。望みをつないでいるかな？」

「来宮さん、どんなふうでした？」

「本多さんが突然消えてしまったショックから、まだ立ち直れていないようなことをいっていた」

「分かるわ。自分を愛してくれた人が、黙って消息を絶ったんですもの……。彼女も本多さんのこと、ほんとうに好きだったのよ」

三也子の声が細くなった。亜綺子の姿を思い浮かべているようだった。

紫門は、槍沢ロッジの前から星を見上げてつぶやいたときの亜綺子と、自分の生い立ちを話した彼女を思い出した。『父が家を出て行くと、母はわたしをぶつようになった』と、淡々と語ったものだった。悲惨な生い立ちや、砂を噛《か》むような過去を、涙ながらに語る人がいるが、彼女は闇夜に光る一つの星を見つめるような表情でいた。

四章　流浪の点

1

奈良県警奈良署から、予想外というか、ある意味では期待していた連絡が入った。

管轄地域内のアパートに、女性と二人で住んでいた西尾《にしお》という五十代の男がいた。西尾の姿は去年の十月ごろから見えなくなった。一か月ほどすると、今度は同居していた女性もアパートを出て行った。西尾からも女性からも家主に連絡がないので、家主は警察にその旨を届けた。半年を経過しても二人から連絡がないし家賃が入らないので、家主は西尾の家財を整理して物置に押し込んだという。

豊科署が北アルプスの山小屋から取り寄せた宿泊カードを照会しているうち、三人の電話が使われていなかった。二人は転居したことが分かったが、一人の西尾文比古《ふみひこ》については連絡が取れなかった。いまになって思えば、アパートを無断退去し、行方不明になっているのだから当然だった。

西尾文比古の宿泊カードは、横尾山荘から見つかったのだった。それは去年の十月十四日の分に入っていた。単独行で、一泊のみである。

奈良署に西尾の筆跡の分かる物を入手してもらった。アパートの一室を借りるさいに提出した賃貸借契約書のコピーが送られてきた。

平たい下手くそな字が、宿泊カードの筆跡と一致した。誰が見ても同一人と分かる文字だった。契約書の記述によると、西尾は今五十七歳だ。

西尾がそのアパートに住んでいたのは、去年の十月までの約一年半だった。その間、家賃を滞らせたことはなく、他の入居者に対して迷惑行為もなかった。家主は西尾のことを、「人の好《よ》さそうな人」といった。初めは単身ということで入居したのだが、四十歳見当の女性と住むようになった。それを西尾は家主に断わった。

入居時の契約書に西尾は、奈良市内の材木店を勤務先と記入したが、今回奈良署が調べたところ、該当する会社はないという回答があった。したがって彼の職業も、行方不明になる前の勤務先も不明。

聞き込みにきた警官に家主はこんなことをいった。「そういえば西尾さんから、山に登るのが趣味だときいたことがありました」と。

西尾は、好きな登山に出かけ、径を迷って歩くうち、崖の上から転落して死亡したという見方ができなくもなかった。頭部が割れていたというだけでは、事故か他殺かの判断は、現場が山岳地だけにむずかしい。

豊科署では、槍ヶ岳近くで遺体で発見された男は、西尾文比古らしいとみるようになった。

しかし、係累からアパートの家主に、行方不明になってはいないかという問い合わせが一度もなかったというのも妙だ。きわめて身寄りの少ない人だったのか。

奈良署からまた連絡がきて、西尾は去年まで住んでいたアパートに住民登録をしていなかったという。こうなると、警察は遺体をあずかっていても係累をさがすことができない。

血液型も分からず、遺体が西尾本人なのかどうかを断定しかねた。

西尾と同居していた女性は、彼の姿が見えなくなった約一か月後、アパートから姿を消したという。その女性をさがし出すことができれば、遺品を見せられるし、西尾の血液型をきき出したり、歯型などで遺体を照合するデータを得ることが可能になるのではないか。

紫門は小室主任に、西尾文比古の身辺調査をさせてもらえないかと申し出た。十月は北アルプスへの入山者も少ないし、山岳遭難事故も少ない時期である。

小室は紫門の調査好きを知っている。これまでに遭難事故として処理したのを、紫門が不審を抱《いだ》いて調べたところ、じつは殺人だったというケースが何件もあった。その実績を小室は承知しているから、「よかろう」と、許可した。

「分かっているとは思うが、君が調べてみて、もしも事件臭いと感じたら、かならずおれに報告してくれ。警察官でも刑事でもない君に、危険な思いをさせるわけにはいかない。それから、警察の手を借りたほうが調査しやすいことがあったら、それも知らせてくれ」

調査のたびに小室にはいわれていることである。

紫門の当面の調査は、槍ヶ岳付近で発見された男性の遺体が、誰であるかを確かめることだった。西尾が住んでいた奈良市へ行けば、なんらかの材料を摑むことができそうだと思った。

紫門は帰宅すると旅装をととのえた。夜になるのを待って三也子に電話した。遺体の身元を割り出す調査を始めることを伝えた。

「また、調査の虫が動き出したのね」

彼女は笑った。

「当面は遺体の身元を割り出すことだけど、ぼくにはもう一つ気になることがあるんだ」

「なんなの？」

「奈良市の西尾文比古は、去年の十月十四日に横尾山荘に単独で泊まっている。同じ日に本多良則が槍沢ロッジに泊まっている。本多は次の日に坊主岩小屋に置き手紙をしたような気がする。彼はそれきり消息を絶った。天狗池の北側で男の遺体が発見されたとき、それは本多じゃないかと思った。解剖検査の結果、四十代から五十代の男性と分かった。本多の年齢に該当するからね。だが、横尾山荘の宿泊者の中に西尾という男がいて、その人には電話が通じなかった。宿泊カードの住所を所轄署に確認してもらったところ、約一年前から行方不明だということが分かった。……遺体は西尾にちがいないと思うけど、彼が死亡する直前に、本多が泊まった山小屋に最も近い山小屋に泊まっている。ぼくはこの符合を無視できなくなったんだよ」

「本多さんが槍沢ロッジに泊まった日を忘れていたわ。偶然かもしれないけど、そういわれれば気になるわね。もし本多さんと西尾さんに接点があったとしたら、同じ日に二人が近くの山小屋に泊まっていたのは、偶然とは思えなくなるわね」

本多の話が出ると、紫門は来宮亜綺子を思い出さずにはいられない。この前署へきたとき彼女は、本多がいなくなったショックから完全に立ち直ってはいないといっていたが、そろそろ働くことを考えはじめているのではないか。今度働くとしたら、なにをするのか。前のように小さなバーを開くのか。それともクラブのようなところに勤めるのか。

　次の朝、紫門は黒い旅行鞄を提げ、松本から乗った特急列車を新宿で降りた。黒い洋服の女性を見ると、来宮亜綺子ではないかと思った。

　東京で気になっている用事を一つすませることにした。本多良則が住んでいた杉並区上高井戸の住所を見ることにした。

　彼が住んでいたのは、静かな住宅街の中の古い二階建ての一戸建てだった。貸家だということが分かった。

　家主はすぐ近くの大きな構えの家だった。主婦が出てきた。紫門は山岳救助隊の名刺を渡し、本多良則のことをききにきたといった。

「どうぞお入りください」

　五十半ばの主婦は彼を玄関に入れた。三和土《たたき》は広く、下駄箱の上に花が活けてあった。

「本多さんが山へ登ったきり行方が分からなくなっているのを、ご存じですね？」

　紫門はきいた。

「警察の方から伺いました」

「それは去年の十月です。十月十四日に槍ヶ岳に通じる登山コース沿いにある山小屋に泊まりましたが、それきり足取りも分かっていません」

「それも伺いました。いったいどうなさったのでしょうね」

「本多さんはそれまでも、ちょくちょく山登りをしていましたか?」

「大きなリュックを背負ってお出かけになる姿を見たことはありました。奥さんがご病気になられてからは、看病に専念なさっていて、山にはお出かけにならなかったようです」

「奥さんはお亡くなりになったということですが、それはいつでしたか?」

「ええと……」

主婦は丸い頬に手を当てた。「三年前でした。たしか秋だったのを覚えています」

本多の妻はがんを病み、入退院を繰り返していた。夫婦には子供はなかった。夫婦とも係累は少なかったらしく、火葬をすませただけで、自宅に集まる人もいなかったようだという。

「思い出しました。わたしがお花をお供えに行きましたら、奥さんの妹さんがいらっしゃいました。なんでも九州からおいでになったといって」

「妹さんだけでしたか?」

「わたしが行ったときは、その方だけでした」

「本多さんの職業をご存じでしたか?」

「奥さんがお元気なころは印刷所をやっていましたが、奥さんが寝込むようになるとそれをやめて、雑誌に旅行記事を書くお仕事をなさっていると伺いました。お仕事の関係でしょうが、奥さんが亡くなられてからも、よく旅行にお出かけのようでした」

来宮亜綺子の話だと、本多と知り合ったのは三年前の冬ということだった。次の年、彼は彼女を伴って旅行した。それは何度もだった。

「本多さんが、去年の十月、山へ出かけるとき、大家さんにはなにかいいましたか？」

「いいえ、一言も」

「家賃は入らないでしょうから、貸家はどうされましたか？」

「家賃を半年分いただいていましたので、その間はいっさい手をつけないでいました。警察の方にも相談して、家を片づけさせていただき、家財道具は、うちで持っているアパートの一室に入れておきました。まだ空屋のままですが、そろそろ手入れをして、ほかの方に借りていただくつもりでいます」

本多からは電話一本入っていないという。

「山で遭難したのでしょうね？」

主婦は曇った顔をした。

そうにちがいないと紫門は答えた。

2

奈良に着くと地図を買った。交番で地理をきくと、奈良駅から歩いて行ける距離で、称名寺《しょうみょうじ》に近いと教えられた。称名寺は、茶道の祖といわれる村田珠光《むらたじゅこう》の寺として名高いという。

紫門には寺を拝観しているひまはなかった。

西尾文比古が住んでいたアパートは、称名寺の裏手に当たっていた。

家主は老舗《しにせ》と思われる菓子屋だった。白い作業衣を着た主人が出てきた。

「長野県から……。それはご遠方からご苦労様です」

主人の物腰はやわらかい。

「アパートを貸していて、部屋をそのままにして出て行かれたことは初めてです」

主人は、西尾についていてとも、彼と同居していた女性についてともなくいった。

西尾は、去年の十月までの一年半、アパートに居住した。彼は当初、一人で住んでいたが、二か月ほどたつと、四十歳見当の女性と同居するようになった。家主の前へ女性を連れてきたわけではない。西尾が、「二人で住むことにしたから承知してもらいたい」と断わりにきたのだった。

「西尾さんは、どんな人でしたか?」

紫門はノートのメモを見ながらきいた。

「腰が低くて、愛想のいい人でした」言葉から推して関東の生まれではなかったでしょうか」

「入居するときの契約書に書いたところには勤めていなかったそうですが?」

「つい先日、警察の方からそれをきいて、驚きました。もっとも勤め先があれば、行方不明になったとき、そこから問い合わせがあったでしょうね」

「勤め人のようでしたか?」

「毎朝、この店の前を通りました」

ネクタイは締めず、わりに気軽な服装で出かけて行ったという。

「同居していた女性は、どんな人でしたか?」

「その人も勤めているようでした。西尾さんより三十分ぐらいあとでアパートを出て行きました。背のすらりとした、垢抜けした人でした。西尾さんより、早く帰ってくることもありましたね」

西尾がいなくなったことに家主は気づかなかった。毎朝夕、彼が通るのを注意していたわけではないからだ。去年の十一月半ば、アパートの入居者が、西尾夫婦の姿をしばらく見ていないし、夜も部屋に灯りがつかないと知らせにきた。それで見に行った。ドアは施錠されていた。窓辺に洗濯物も出ていない。何日間か観察していたが、帰ってきていないようだった。

受け持ち交番に連絡し、警官立ち会いで部屋へ入った。部屋の中はきれいに片づいていた。電灯のブレーカーは下ろされていた。家財といったら、テレビ、冷蔵庫、洗濯機だけで、タンスなどはない。食器は台所の棚に伏せてあった。

家主は入居者に、西尾はいつからいないのかをきいた。すると、西尾は一か月ぐらい前からいないようだといわれた。女性は一人で西尾の帰りを待っていたらしい。彼女は西尾と同居するさい、箱をいくつも運び込んだ。部屋には女性の物がなくなっていた。あとになって思うと、女性は、西尾の帰りを待っていたが、帰ってこないと知り、人目を忍んで自分の荷物をちょくちょく運び、家主にも入居者にも告げずに出て行ったらしいことが分かった。

「西尾さんと一緒にいた女性と、話したことがありましたか？」

紫門がきいた。

「二、三回ありました。大阪あたりの生まれの人じゃないかと思います」

「真面目そうな人でしたか？」

「西尾さんとどこで知り合ったのか分かりませんが、夫同様の人が山へ登って帰ってこなくなったのに、なにも断らずに出て行ってしまった人を、真面目とは呼びたくありません。ちょっときつそうな顔をしていましたが、会えば頭を下げました」

　素姓についてはまったく分からないという。

「無断で出て行かなくてもよさそうなものなのに、ヘンな人ですね」

「ヘンな人です」

　家主は、西尾が山へ登ったことを知っていれば、その旨を警察に届けたという。長野県の山から西尾らしい遺体が発見されたという連絡を受け、そういえばずっと前に西尾に、山登りが好きだという話をきいたのを思い出した。しかし三〇〇〇メートル級の高山に登るとは知らなかったという。

　紫門は、山中で発見された遺体が、西尾だということを確認しなくてはならない。なにかの手がかりが得られるかもしれないから、彼の荷物を見せてもらいたいといった。

　家主は、白い作業衣を脱ぐと、自宅の裏庭にある物置へ案内した。そこはガレージのような建物だった。

　シャッターが開いた。中には古い製菓機械や、車のタイヤなどが入っていた。

　西尾の部屋から持ち出した物は、隅に積まれ、シートをかぶっていた。電機製品と寝具で、衣類は段ボールに収められていた。

　紫門は衣類を一着ずつめくった。毛髪を何本か見つけ、それをティッシュペーパーに包んだ。その中に西尾の体毛が入っているにちがいなかった。三〇センチぐらいの長さの毛髪が一本あった。女性のものと思われた。

西尾がかかっていた歯科医をきいたが、家主は知らなかった。

電話局へ行き、電話帳を繰った。西尾はアパートを借りるさいの契約書に、勤務先として奈良市内の材木店を記入している。だが、彼の記入した材木店は存在しなかったと奈良署は回答してきていた。

彼が架空の材木店を勤務先と書いたということは、家主にも実際の勤務先を知られたくなかったと考えてよいのではないか。家主だけではないだろう。ひとたび勤務先を書いて他人に渡すと、その先、誰に知られるか分からない。それで隠したのだろう。しかし彼はどこかに勤めていた。家主がいうには、スーツにネクタイでなく、わりに気軽な服装で出勤していた。

ひょっとしたら西尾は、材木店かその種の業種に勤めていたのではないかと紫門は推測した。

彼は奈良市内の材木店へ片っ端から電話し、西尾文比古が勤務していたかを尋ねることにした。理由をきかれたら、事実を答えればよい。

七か所目である。「以前に、西尾文比古という者が勤めていたことがあります」と、若い女性が答えた。

そこは花松木材《はなまつもくざい》株式会社といって、奈良駅から電車で約十分、駅から歩いて十分ぐらいの場所だった。

花松木材は規模が大きかった。製材所も兼ねている。終業したところで、三々五々社員が帰る時間だった。総務課長が紫門に会った。

「山岳遭難救助隊……」

総務課長は、紫門の名刺を珍しそうに見ていたが、西尾がどうしたのかときいた。檜ヶ岳の近くから西尾ではないかと思われる遺体が見つかったと、紫門は話した。

「えっ」

五十年配の総務課長は目を丸くした。お茶を持ってきた女性社員が足をとめた。

遺体は身元の分かる物を身につけていなかった。間接的な材料から西尾ではないかと推測しているが、確定的ではない。それで調べているのだと紫門は説明した。総務課長は納得した。紫門の名刺に刷り込んである「長野県警豊科警察署」という連絡場所が効いているのもたしかだった。

「西尾文比古は、去年の十月九日までの約一年半勤務していました。製材部の品質検査係です。彼は木材に詳しくて、製材された木の種類をほとんど知っていました」

「こちらのような業種に勤めた経験があったのでしょうか？」

「たしか経験者でした。それで中途採用したという記憶があります」

「勤務ぶりは、いかがでしたか?」

よけいなこととは思ったがきいた。

「真面目な男でした。勤務期間中、欠勤は一日か二日しかなかったと思います。人当たりがよくて、同僚には好かれていました」

「なぜこちらに勤務していたのを隠したのでしょうね?」

「それは分かりません。うちの会社に勤めていて都合の悪いことはなかったと思いますが」

「退職理由はなんでしたか?」

「体調がよくないということでした。当社では、やめたいといいだした者を、引きとめないことにしています。とにかくうちをやめたいのですから、理由を詳しくきいてもしかたありません。給料に不満を持っている者もいますからね」

当時、西尾は五十六歳だった。この不況時に再就職先をさがすのは至難だろうと紫門は思った。

「就職活動をせずに山に登っていたとは、のん気に見えますね」

総務課長はお茶を飲んだ。

「べつの勤め先が決まっていたかもしれません」

「それで出勤するまでの間に、好きな山登りに出かけたということも考えられますね。

しかし、遭難とは、彼も不運な男です」

紫門は、西尾の血液型をきいた。

総務課長は人事書類をめくった。

「A型と申告しています」

遺体もA型である。血液型を偽る人はいないだろうから、信用してよかろう。通っていた歯科医をきいたが、知らないという。

総務課長が書類をめくったついでに、花松木材に就職するまでの西尾の経歴を見てもらった。

静岡県浜松市《はままつ》の砂山工業《すなやまこうぎょう》、名古屋市のミナト建業《けんぎょう》、東大阪市の平鉄工所《たいらてっこうじょ》が記入されていた。最終学歴は東京の高校卒業となっている。

「各地を転々としていますね」

紫門がいった。

「西尾は東京か、その付近の生まれだと思います。言葉に地方訛《なま》りがありませんでした。結婚したことがあるのかないのか、個人的なことを話さない男でしたね」

「奈良のアパートでは、四十歳ぐらいの女性と同居していたということです」

「それは知りませんでした。独身ということでしたから、当社では家族の名も知らないし、手当も支給していません」

西尾は奈良市のアパートに住民登録をしていなかった。したがって公簿上で住所の異動を追跡することは不可能だ。

「どうでしょう。こんなところで、山で見つかった遺体が西尾かそうでないかの判断がつきましたか？」

「まだなんともいえません。遺体の血液型はＡ型でしたが」

「Ａ型の人は多い。私もそうです」

総務課長は時計に目を落とした。

事務所には二、三人の影が見えた。外はとうに暗くなっていた。

3

紫門は郵便局から、西尾の荷物に付着していた体毛を豊科署の小室宛に速達で送った。署ではただちにＤＮＡ鑑定にまわす。紫門が送った体毛の中に、西尾のＤＮＡと合致するものがあれば、遺体は彼であると断定されるだろう。

紫門は宿を取ると、東京の来宮亜綺子に電話した。夜、働くことにしたら不在だろうと思ったが、呼び出し音が四、五回鳴って彼女が応じた。

「紫門さん」

彼女は彼からの電話を待っていたような声を出した。

彼は奈良市にいるといった。奈良へきている理由を話してから、けさ東京へ着いてすぐに、本多が住んでいたところの家主に会ってきたといった。

「本多さんの荷物は、大家さんが保管しているそうです」

「そうでしたか。所帯を持っていたのですから、荷物はたくさんあるのでしょうね？」

「一軒家に住んでいましたからね」

「あずかっていいものなら、わたしが引き取りたいくらいです。彼が使っていた物を、そばに置いておきたいんです。そうすれば……」

彼女はあとの言葉を呑み込んだ。

「そうすれば？」

「彼がそばにいるような気がしますし、大切な物を取りにくると思うんです」

「あなたは、本多さんからプロポーズされたとき、『そんなことできるわけがない』といったそうじゃありませんか」

「ほんとうは、嬉しかったんです。そこまでわたしを思っていてくれるとは思っていませんでした。……それと、わたしの過去をとても話せないと思ったものですから、邪険なことをいったんです」

いまは後悔しているということか。

彼女は、「お寝《やす》みなさい」といってから、ときどき電話してもらいたいといった。紫門もそうしたかった。話していて楽しいという人ではないが、話したくなる人である。本多も彼女のそういうところに惹かれたのではないのか。


きょうは雨だった。気温が急に下がった。

紫門は、西尾文比古の経歴を遡《さかのぼ》ることにした。

彼が奈良市の花松木材に提出した履歴書の記述をたどってみるしかないが、奈良市のアパートを借りるさい、勤務先を偽った男である。そのアパートに住民登録もしていなかった。だから履歴書に記入されている職種も信用できない。もしかしたら彼は、何者かから追われていたのではないのか。それで住所も実際の勤務先も隠して暮らさねばならなかった。

近鉄奈良線《きんてつなら》を枚岡《ひらおか》で降りた。電話帳で平鉄工所をさがすつもりだったが、駅前のそば屋できいてみた。

平鉄工所なら、近くの川に沿って下って行けば分かると教えられた。急な流れの音が冷たく感じられた。

トラックのとまっている駐車場の先に平鉄工所の看板が見えた。看板の大きさのわりに、その工場は小規模だった。

機械油の染みのついた作業服の社長が、紫門を工場の奥のほうにある小部屋に招いた。鉄を打ち抜くプレス機の音が小さくなった。社長は六十歳ぐらいで、髪の白い男だった。

西尾文比古という人が勤めていたはずだがときくと、たしかに勤務していたという。

紫門は社長のすすめた椅子に腰掛けた。

紫門は訪問の主旨を伝えた。

「山で死んだ……」

白髪の社長は目を丸くした。「そういえば西尾は、うちに勤めているころ、何回か登山に出かけました。山で撮ってきた写真をパネルにして、私にくれたこともありました」

「それは北アルプスでしたか？」

「私は山のことを知りませんが、なんでも山梨県の有名な山だといっていました」

社長は椅子を立った。裏口から出て行くと、カラー写真のパネルを持ってきた。V字渓谷の中央にオレンジ色をした三角錐《さんかくすい》が据わっていた。わが国第二の高峰の北岳《きただけ》だった。山頂に朝陽が当たったのを東側の芦安《あしやす》方面からとらえたもので、谷の手前は黒く塗り潰されていた。高峰の点に焦点を合わせ、省略の利《き》いたみごとな写真である。

「社員の何人かが西尾から、同じような写真をもらっていました。カメラには自信を持っていたんでしょうね」

社長は、西尾はどんなところで、どんなふうに死んでいたのかときいた。

「まだ西尾さんと確定したわけではありません。山小屋の宿泊カードに記入した文字の筆跡と、西尾さんの筆跡が酷似している点と、彼が行方不明になった時期と、死亡推定時期が合っているということしか分かっていません。こちらでは西尾さんの血液型の記録がありますか？」

社長は棚からファイルを下ろした。退職した社員の人事記録だった。

「A型です。うちは一部の社員が危険をともなう作業をしますので、血液型のはっきりしていない者については、病院で検査してもらっています。西尾もそうしたのかどうか」

紫門は、西尾の勤務期間をきいた。それは約六年間だった。

退職理由はなにかをきくと、東京にいる友人のはじめた事業に参加することになったということだった。

「東京へ行くといってやめたんですね？」

「本人はそういっていました」

ところが西尾は、奈良市へ転居し、木材会社に就職した。彼は平鉄工所が嫌になったからか、それとも転居しなくてはならない事情が生じたのか。

奈良市に約一年半住み、去年の十月、山へ出かけて、それきり行方不明になったのだと、紫門は話した。

「いまだからお話しできますが、彼には信用できない一面がありました」

社長は、ファイルを開いたままいった。「めったに休まないし、仕事はよくやる男でした。同僚ともうまくいっていました。趣味も山登りと写真で、健全な印象を受けますが、家庭がよく分かりませんでした」

「よく分からないとおっしゃいますと？」

「正式な結婚をしていない女性と暮らしていました。どんな人か私は知りませんが、社員がいうには、だいぶ歳の違う人と一緒になっていたということでした」

「若い女性ですね？」

「いえ、西尾よりいくつも歳上らしいということでした」

「歳上……」

奈良市で西尾は四十歳見当の垢抜けした女性と一緒に暮らしていた。彼女は彼がアパートに入居してしばらくたってから同居したといわれている。東大阪市の住所で同居していたのはべつの女性なのか。

「うちに勤めている間、西尾は自転車で三十分ぐらいかかるところに住んでいました。雨の日はバスで通っていました。休みの日に、ある社員が、パチンコ屋から女性と一緒に出てきたところを見かけました。社員は奥さんだろうと思ったようですが、私は彼が結婚していないのを知っていましたから、親しい女性と一緒に遊んでいたんだろうと思いました。……うちに入ったのは、社員募集に応募してきたんです。採用を決めたとき、家族をききましたら、独身だといいました。一度も結婚したことがないということでした。それをきいて、気儘《きまま》な暮らしをしているから、採用しても長つづきしないのではないかとみていましたが、六年間、真面目に働いてくれました。事故も起こしていません。残業してもらいたいというと、嫌な顔もしませんでした」

「東大阪市の住所に住民登録はしていたでしょうか?」

「していたと思います。うちでは彼に住民票を出させたことはなかったと思いますが」

西尾が当時住んでいた住所を、紫門はきいて控えた。

西尾が平鉄工所に提出した履歴書の記述はこうなっていた。

東京都内の高校卒業後、都内江東《こうとう》区の大島産業《おおしまさんぎょう》、浜松市の砂山工業、名古屋市のミナト建業各勤務。

紫門は西尾の書いたものをコピーしてもらった。その文字を見た瞬間、横尾山荘に残っていた宿泊カードの筆跡と同じだと感じた。

槍ヶ岳の近くで発見された男性の遺体が西尾文比古であることは間違いなさそうだが、まだ断定するにはデータが不足していた。

4

紫門は小室主任に、西尾の筆跡を送り、東大阪市の住所に住民登録があるかどうかの確認を頼んだ。

西尾が二年半前まで住んでいたのは、小さなマンションだった。平鉄工所の社長がいっていたように、彼は女性と二人住まいだった。

家主は女性の名を知らなかった。西尾の妻だと信じていたようである。二人の年齢は離れていて、妻は西尾よりも十歳ぐらいは上だったろうという。

奈良市のアパートに同居していた女性とは明らかに別人だ。

西尾が妻と呼んでいた人も勤めていた。だがどこへ勤めていたかは知られていなかった。

ここでも思いがけないことを紫門はきいた。

一昨年の四月のことである。夜間に西尾は小型トラックを運転してくると、荷物を積み込んだ。隣室の人がそれを見て、「引っ越すのか」ときいたところ、不要の物を捨てるのだと答えた。その夜、妻は不在だった。隣の人は不審に思ったが、それ以上をきくことはできなかった。

西尾の姿はそれきり見えなくなった。家主や他の入居者があとから思うに、彼は妻の不在を狙って夜逃げしたのだった。

西尾が姿を消して十日ほどたつと、妻が転居する旨を家主に話した。家主はそれとなく、「このごろ、ご主人を見かけませんが」ときいた。妻は、「急に地方へ赴任が決まって行っています。わたしもそこへ」と目を伏せて答えた。家主は妻のいうことを信じなかった。

妻は一人で荷物をまとめて部屋を引き払った。どこへ引っ越したかを家主も他の入居者も知らないという。

「西尾さんの奥さんは、どんな人でした?」

紫門は家主にきいた。

「面長で上品な顔立ちをしていました。私は奥さんと話したことがありません。道で会っても、奥さんは頭を下げるだけで通り過ぎました」

彼女は地味な服装をして、電車で大阪方面へ通っていたようだという。

紫門はノートを整理した。

西尾文比古は、八年前の四月から六年間、東大阪市の平鉄工所に勤務し、この間、市内のマンションに妻と称する十歳ぐらい上の女性と暮らしていた。一昨年三月、平鉄工所を退職した。東京へ行くということだった。そこを退職して間もなくと思われるが、ある夜、小型トラックを運転してきて、寝具らしい物を積んで出て行ったきり、もどらなくなった。

彼は奈良市のアパートへ転居したのだった。おそらく何日か前にそのアパートを契約しておいたのだろう。入居して間もなく、市内の花松木材に就職した。しばらくすると、四十歳見当の女性が同居しはじめた。

昨年十月十四日、西尾は北アルプスの横尾山荘に宿泊の記録を残している。その後、彼がどこを歩いたかは不明である。

今年の九月二十六日、槍ヶ岳南東の雪渓から男の遺体が発見された。身元の分かる物を持っていなかったが、豊科署がその後に照会した筆跡から、遺体は西尾だろうということになっている。

一方、東大阪市のマンションに同居していた「妻」は、彼がトラックで荷物を運んだ十日ほどあと、転居した。その先は不明である。

奈良市のアパートで同居していた四十代の女性は、西尾が行方不明になって約一か月後、家主に無断で退去した。この人の行方も分かっていない。

小室主任から連絡が入った。

西尾は東大阪市に住民登録をしているが、そのまま異動届をしていない。彼は東京都江東区の生まれで、都内で二か所、名古屋、東大阪市と住所を移した。それは住民登録上であって、他を転々としていても、届け出を怠った住所については不明である。

勤務先に提出した履歴書には、静岡県浜松市の企業に勤めたことが記してあるが、当時の住所は公簿上不明だ。

「西尾が住んでいたマンションには、公簿上、現在十二世帯が入居していることになっている。そのうちの一世帯が西尾で、もう一世帯が辻岡美和《つじおかみわ》という女性だ」

小室がいった。

「そのマンションには貸室は十室しかありません」

「西尾が住んでいた部屋は現在ふさがっているんだね？」

「子供が一人いる夫婦が入っています」

「辻岡美和という人が実際に住んでいるかどうか確かめてくれ。もし住んでいないとなったら、その人は西尾と同居していた女性と考えていいと思う。彼女は現在六十七歳だ」

西尾は存命なら五十七歳だった。

紫門はマンションの家主にふたたび会い、辻岡美和という人が入居しているかをきいた。

家主は首を横に振った。きいたか見たかしたことのある名前だという。

家主がいうには、マンションにはときどき入居該当のない郵便物が届く。しかし入居者にとっては心当たりのある郵便物ということもあるので、家主はべつに用意したポストにしばらくの間それを入れておく。誰が持って行くのか、いつの間にかなくなっていることがあるという。

「辻岡美和さんというのは、西尾さんと同居していた女性ではないでしょうか？」

紫門はいった。

「そうかもしれませんね。西尾さんは奥さんだといっていましたが、あるいは内縁関係だったことが考えられますね」

住民登録がしてあれば、役所はその住所へ公報などを送る。選挙の通知などがその一例だ。公報を何度か送っても届かないと、居住の有無を調査をし、居住していないのを確認すると、職権で公簿から抹消する。抹消された人は住所不定ということになる。

辻岡美和という女性は、西尾同様、住民登録を東大阪市に置いたままにしてあるのだ。

小室に電話し、辻岡美和は西尾の住んでいたマンションにいないことを報告した。

「その人の本籍は、東京都だ」

「西尾と長年夫婦同然の生活をしていたことが考えられますね」

紫門は、西尾の履歴書にある名古屋市のミナト建業に当たってみるといった。

電話番号案内に、その名称の企業があるかを問い合わせた。

ミナト建業は昭和《しょうわ》区に存在することが分かった。

電話を掛け、八年あまり前に西尾文比古が勤めていたかを尋ねた。

西尾の勤務該当があった。詳しいことを知りたければ、来社するか、文書で照会してくださいといわれた。

紫門は京都経由で名古屋へ飛ぶことにした。

朝から降りつづいていた雨が京都駅ではやんでいたが、名古屋は小雨だった。


ミナト建業における西尾の勤務期間は、約二年だった。当時の住所は、小室が調べてくれた住民登録上の住所と同じだった。

彼が同社に勤めていたのは約八年前である。勤務期間も短いし、当時の彼を記憶している人が見当たらなかった。

住んでいたところを訪ねた。一棟を二世帯が使うようになっている造りの貸家だった。

隣家の主婦は、西尾夫婦を記憶していた。

「奥さんは、ご主人よりだいぶ歳が上のようでした」

という。同居の女性は、東大阪市に住んでいたときと同じ人だろう。

「ご夫婦とも小ざっぱりとした服装をしていました。ご主人の勤め先は知りませんでしたが、奥さんはたしか、この近くの病院で働いていたはずです。上品な顔立ちで、口数の少ない人でしたけど、きちんと挨拶をなさいました。わたしは初めから、なにか事情のあるお二人と見ていましたが」

と、主婦は思い出しながら話した。

「そうそう、引っ越しする何日か前の夜に奥さんがうちへ見え、『主人の仕事の都合で、大阪へ行くことになりました』と挨拶されました。奥さんは涙ぐんでいましたので、『どうかなさったのですか』とわたしがきくと、首を振りました。なんとなく深い事情がありそうで、気の毒な気がしたのを覚えています」

主婦から教えられた病院へ行った。八、九年前に辻岡美和という人が勤めていなかったかを、人事係に尋ねた。

辻岡美和の勤務該当があった。彼女は臨時雇いの雑役係だった。勤務時間は、西尾がミナト建業に勤めた期間と合っていた。当然、住所も西尾と同じだったが、彼女は「独身」と申告していた。「内縁の夫」と書くと、同居人の氏名や年齢を記入しなくてはならないからか。

5

小室主任から紫門の携帯電話に連絡が入った。小室が掛けてよこすたびに、管轄地域の山岳地で遭難事故が発生したという緊急連絡かと思う。

「槍沢でカメラが登山者に拾われて、上高地交番に届けられた。キャンタックスの一眼レフだ」

拾得物のカメラは、交番から署に届いたのだ。

「高級品ですね」

「登山者が落とした物とは思うが、フィルムが装塡《そうてん》されていなかった」

「フィルムを交換しようとして、落としてしまったんでしょうか？」

「それなら、どこかが破損しているはずだ」

そうだろう。持ち主はさがしたにちがいない。カメラを失くしても生命にはかかわらないが、登山の記録や、二度と目にすることのできない光景を撮っている場合もある。たとえば岩の上から落としたとしたら、そこを下ってさがしただろう。しかし見つからなかった。諦めきれなかったが、登山行程を考えて目的地へ進むか、下山したにちがいない。

「カメラが拾われた場所は、槍沢のどのへんですか?」

「天狗原コース出合いの一〇〇メートルぐらい下流だ。拾った人がいうには、岩のあいだにはまるように落ちていた。バンドが赤かったので目についたというんだ」

「積雪期に落としたので。傷がつかなかったんでしょうか」

「カメラ本体とバンドの汚れ具合を見ると、落としてからかなり月日がたっていそうだ」

「一年ぐらい?」

「そのぐらいはたっているだろうな。……おれはね、カメラは西尾文比古の物じゃないかと思ったんだ」

「西尾の物……」

「もしそうだったとしたら、彼の頭の傷は転落によるものじゃない」

「というと、他殺ですか?」

「そう。他殺だとしたら、犯人は西尾を殺して、身元の分かりそうな物を、着衣やザックから奪い取った。カメラもだ。西尾がカメラに犯人を写しているんじゃないかと思えば、奪って逃げる。……紫門君の調べだと、西尾は写真好きだろう?」

「うまい写真を撮っています。パネルにして、勤務先の社長や同僚にプレゼントしていました」

「そういう人物が、カメラを持っていなかったし、ザックの中にフィルムが一本も入っていなかった。これはおかしなことだ。犯人がいたとしたら、そいつは西尾がカメラを持っていなかったことにするため、未使用のフィルムまでも奪って逃げたと思いたくなる」

「拾われたカメラが破損していなかったのは、西尾のカメラを奪った者が、槍沢の岩のあいだに捨てていったということですね？」

「そう思うな。放り投げたんじゃなくて、人目につきにくい岩のあいだに、そっと置いたんだ」

「沢か川の中へ放り込めばいいのに……」

「それができなかったんじゃないか。なぜかというと、カメラの価値が分かったからだ。沢へ放り込むには惜しい気がした。もしかしたら犯人も、写真好きじゃなかったかという気がする」

小室との電話を終えると、紫門はたったいまきいたことをノートにメモした。

西尾が殺されたとしたら、その犯人は写真好きで、カメラの価値が分かる人間、というところを太い線で囲んだ。

紫門は、あしたの調査のために浜松市へ移動した。着いたのは夜だった。駅の近くのビジネスホテルに入った。

調査経過をメモしたノートを開きながら、カップの日本酒をちびりちびり飲《や》った。二本目を三分の一ほど飲むと、気分が変わってきた。彼は酒を飲むと人と話したくなる質《たち》である。

松本のアパートでも飲んでいて、気分が変わると、三也子に電話する。

雨の音のあいだに、新幹線が通過する音が入った。来宮亜綺子を思い出した。いま午後九時だ。彼女は毎夜、十一時ごろからウイスキーを飲みはじめるといっていた。いま山の宿で、水で割っては飲んでいた彼女の姿と手つきが紫門の頭に灼《や》きついている。彼はゆうべも奈良から彼女に電話した。彼女は思いついたことがあったら知らせてくださいと、熱い息を吐くようにいっていた。

水商売を長くやっていた彼女は、夜になると落ち着かなくなるのではないか。たしか槍沢ロッジに泊まった夜だった。彼女は大事そうに背負ってきたウイスキーのボトルをザックから出し、「いつもはこんな時間からは飲まないのだが」といって、水割りをつくった。三杯ぐらい飲むと、本多良則と愛知県の蒲郡へ旅行したときのことを話しはじめた。本多は夕方、頭上を渡るトビの大群と、海の落日のもようを見たいといって彼女を二泊の旅行に誘ったのだった。

一日目は期待した天候に裏切られたが、二日目は望みどおりの光景が展開された。本多はホテルの窓辺に三脚を据え、カメラをのぞいた。トビの大群と、それが去ったあとの燃える海に魅せられた彼は、彼女の存在を忘れたかのように、二時間も海を向いていたという。

本多は雑誌に、写真を添えて旅行記などを書くのが仕事だった。だから彼は、空が黒くなるほどのトビの大群と、炎の色に染まった海を眺め、その感動をからだに吸収させていたのだった。

「こんな時間に、ご迷惑ではなかったでしょうか？」

紫門は亜綺子に電話した。

「いいえ、なんとなく今夜も、紫門さんから電話をいただけるような気がして……」

「それならよかった。……思い出したことですが、本多さんは写真を撮るのも、仕事のうちでしたね？」

「はい。雑誌に記事を書いたときは、たいてい彼の撮った写真が一緒に載っていました。彼の写真がどうかしましたか？」

「前に山小屋で伺ったあなたの話をふと思い出したものですから」

「今夜も、奈良ですか？」

「浜松です」

「浜松……」

「こられたことがありますか？」

「前に彼に連れられて蒲郡へ行くとき、新幹線が浜松でとまると、『ここへはよくきたことがある』といっていましたので」

「どんな用事で浜松へ行ったんでしょうね？」

「それはききませんでした。きいたけどわたしが忘れてしまったのかもしれません。紫門さんは、どういう用事で浜松へ？」

「槍ヶ岳の近くで遺体で発見された西尾という人が、浜松市に住んでいたことが分かりました。それで、その当時のことを知るためにきています」

「浜松には、大きな砂丘があるそうですね」

「中田島《なかたじま》砂丘ですね。見たことはありませんが、地名だけは知っています」

「砂丘で、大きな凧《たこ》を揚げる習慣があるという話を、彼から……。彼から凧揚げの写真を見せてもらったことがありました。人がのれるほど大きな凧を……」

彼女は、本多からきいたことを思い出しているようだった。

「わたし、前にやっていた店を、始めようと考えています」

彼女は話を変えた。

「銀座のバーですね？」

「何日か前の昼間、前の店の路地を通ってみました。そうしたら、路地は少しも変わっていなくて、わたしがやっていた店の看板がそのまま出ていたんです。借り手がつかなかったんですね、きっと。それを見ていたら、大家さんが、わたしのためにほかの人に貸さないでいてくれたみたいな気がしたのと……」

彼女は語尾を消した。咳《せき》でもこらえたようだった。

「前のように店をやっていたら、ひょっとしたら、彼が現われるような気がしたんです。……彼の亡霊でもいいんです。店を開いていれば、いつかはひょっこり入ってきて、カウンターの端にとまるような気がします。亡霊でもなんでも、彼にきてもらうには、店を開いていなくてはならないと、そんなふうに考えています」

今夜の彼女は飲んではいないようだった。それなのに、半分は夢の中にいるようなことをいった。

しかし彼女は紫門の背中を押していた。夏の日盛りに黒いザックを背負って、彼の前を黙々と槍ヶ岳へ登った姿が目の裡《うち》に灼きついている。そのひたむきな足の運びに、彼は突き動かされている気がした。

五章　水底《みなそこ》の日々

1

浜松市内の砂山工業は、楽器会社に木材を供給する企業だった。楽器だけでなく、建材や家具の製造メーカーにも資材を納入していた。

広場に角材が積まれていて、二階建ての社屋が見えなかった。

この会社に西尾文比古が勤めていたとしたら、十年ほど前のことである。人事記録が保存されていることを紫門は祈った。

五十半ばの人事係の男は、「記憶のある名前です。調べてきますから、お待ちください」

といって、紫門を応接室に残した。

十分あまりして、人事係は水色のファイルを持ってもどってきた。西尾が勤務していた記録があったのだ。

「西尾文比古は、木材の品質管理課に十七年間勤務していました」

人事係のその言葉をきいて、紫門はほっとした。

奈良市の花松木材の総務課長が、「西尾は木材に関する知識が豊富だった」といったのを思い出した。西尾は砂山工業で、上質の木材の管理を担当していたのだった。

東京生まれの西尾は、出生地以外では都内に二か所、名古屋市、そして東大阪市で住民登録をしているが、浜松市の砂山工業に十七年間も勤務しながら、住民登録を怠っていた。彼が各地を転々としたことと、転居するたびに住民登録をしないこととは無関係ではないような気がする。

彼は勤務先の仕事が嫌になるか、同僚とのいざこざなどの原因で退職するのでなく、べつの個人的な理由によって転居するために、退職してきたのではないのか。

砂山工業勤務中の西尾の住所が分かった。

そこは勤務先から自転車で十五、六分を要する川沿いの一戸建てだった。建物は老朽化して、あちこちに補修の跡があった。貸家である。

現在入居している人は西尾を知らなかった。

すぐ近くに住む家主は、西尾を覚えていた。

「うちの家作《かさく》に入ったころ、西尾さんはたしか三十歳ぐらいでした。だいぶ歳上の奥さんと二人暮らしでした」

家主のいう西尾の妻は、名古屋市や東大阪市できいた女性と、年齢や風貌が似ている。同一人であるらしい。公簿を当たった小室は、そのひとは辻岡美和ではないかという。浜松市の貸家に入居したころの西尾の妻は四十歳見当だったのだ。

家主は西尾の妻が勤めていた会社を記憶していた。自転車で十分ほどの染色工場だった。

「西尾さんには失礼ですが、奥さんは不釣り合いなくらいきれいな人でしたよ。十何年もいたのに私は西尾さんの奥さんとは、ろくに話したことがありませんでした。道で会えば、あちらから頭を下げましたが、黙って通り過ぎるんです。夫婦がそろって歩くこともなさそうでしたし、夫婦らしくない二人でしたね」

紫門は、西尾の妻の名を辻岡美和といわなかったかときいたが、家主は知らなかったという。

彼女が勤務していたという染色工場へ行き、辻岡美和という人が勤務《つと》めていたかを尋ねた。

そういう名の人はいなかったといわれたので、西尾美和ではどうかとき直した。

勤務該当があった。辻岡美和は、同棲していた男の姓を使っていたのだ。

紫門はノートを開いて、西尾の経歴を逆に追ってみた。西尾が砂山工業に入社した当時は、二十九歳。辻岡美和は三十九歳だった。

美和が勤めていた染色工場のかつての同僚からこんな話をきいた。

「西尾美和さんは、上品な顔立ちをした、とても静かな人でした。当時彼女とどんなことを話したのかは思い出せませんが、彼女には人にいえない秘密があったらしいのを覚えています。……彼女は会社の帰りに、高校生ぐらいの歳の男の子と待ち合わせしていました。自転車を引く彼女にその男の子が肩を並べて歩いている姿を何回か見かけました。男の子は、彼女によく似ていました」

一見して高校生ぐらいだと分かるというと十六から十八歳見当だろう。美和は三十九歳か四十歳だった。その男の子が彼女の子供だったとしてもおかしくはない。美和によく似ていたという点がそれを証明していそうだ。

紫門は小室主任に連絡した。辻岡美和の戸籍を調べてくれないかと頼んだ。

紫門は東京へ行くたびに宿がわりに泊まるところがある。それは大学時代の同級生の石津《いしづ》の自宅である。中野区だ。石津は大蔵省に勤務している。

小室はそれを知っていて、槍沢で拾われたカメラを撮った写真を、石津家へ送っておいたといった。写真があればなにかの役に立つというのだ。

紫門は浜松市での調査を終えると東京へ移動した。

小室から電話が入った。辻岡美和の戸籍を調べたというのだった。小室の声はいつになく興奮していた。その内容をきいて、紫門は小さく叫んだ。

辻岡美和は東京都品川区の生まれだった。二十歳で本多徳次《とくじ》と結婚した。徳次と美和のあいだに生まれた一人っ子が良則だった。美和が二十一歳のときの子である。美和は二十八歳のとき、本多徳次と離婚し、旧姓の辻岡にもどったのだった。

去年の十月、槍ヶ岳直下の坊主岩小屋へ、来宮亜綺子に宛てた手紙を置いて消息を絶った本多良則の出生地と生年月日が、徳次と美和の子に一致していた。

徳次と離婚した美和は、西尾文比古と暮らすようになった。が、婚姻はしなかったのだ。

浜松市で美和が勤めていた染色工場の同僚が、「西尾美和さんは、会社の帰りに、高校生ぐらいの歳の男の子と待ち合わせしていました。……その男の子は彼女によく似ていました」といった。美和とその男の子は母子《おやこ》だった。美和を訪ねていたのは良則だったのだ。

「本多徳次はどこに住んでいますか？」

紫門がきいた。

「徳次と美和は、二十歳違いだった。彼は良則が十五歳のとき、五十六歳で死亡している。当時の住所は、渋谷《しぶや》区本町《ほんまち》だった」

徳次と離婚した直後の美和の住所は目黒区である。彼女はそこに住民登録を置いたまま住所不定となり、後年、東大阪市に転居している。東大阪市に住民登録をしたが、現在そこにも住んでいない。公簿上またも住所不詳となっているのである。

「美和が徳次と離婚した当時、西尾文比古は江東区冬木《ふゆき》というところに住んでいた。俗にいう木場《きば》の近くだ。紫門君は、渋谷区本町を当たれ。本多徳次と良則が住んでいたところだ。それから良則の母である美和が、離婚後住んだ場所。もう一か所、西尾が住んでいた江東区冬木。この三か所で入念な聞き込みをすれば、徳次と美和の離婚の原因、それから良則の生い立ちなんかも分かりそうな気がする。一軒や二軒できいて諦めず、徳次や美和を知っていそうな人を追跡してみろ。君の得意な調査じゃないか」

小室は、紫門の尻を叩くようないいかたをした。

まず、美和が徳次と別れた直後の住所へ行ってみた。目黒駅から比較的近いところだったが、付近のようすは一変してしまったらしく、彼女が住んでいたマンションはとうになくなっていた。マンションを所有していた人に会うと、先代が持っていたものので、当時の入居者のことはいっさい分からないといわれた。いまから三十九年も前のことだから当然だった。

次に、西尾が住んでいた江東区冬木へ行った。この付近の建物も変わっていたが、彼がいたアパートが分かった。そのアパートはマンションに建てかえられていたが、家主は西尾を記憶していて、木場の材木店に勤めていた人だといった。彼がその後も、木材を扱う会社に勤めたのは、その知識と経験が活きるためだったようだ。彼は当時、高校を出たばかりだったが、親元を離れて独り暮らしをしていた。そのアパートに六、七年居住していたが、好きな女性ができたらしく、結婚するようなことをいって出て行った。家主はそれ以降彼には会っていないし、消息も知らないという。

小室主任は紫門に、一軒や二軒での聞き込みで諦めるなといったが、当時のことをきくには、あまりに年月がたち過ぎていた。

本多良則の生まれたところを訪ねた。本多徳次と美和が結婚し、良則をもうけた住所である。徳次は同所に、五十六歳で死亡するまで住んでいたのだ。

そこは渋谷区本町の住宅街だった。何代かにわたって住んでいそうな古い家が何軒もあった。

徳次たちが当時住んでいた家屋は、十年ぐらい前に取り壊され、現在は洋風の住宅になっていた。両隣りの家は塀で囲った古い木造住宅だった。

紫門は古い一軒のチャイムを押した。白髪の主婦が出てきた。

「たしかにお隣りが本多さんでした。そうです、お父さんが徳次さんで、息子さんが良則さんでした。徳次さんは、良則さんが中学のときに亡くなりました。良則さんは、二十三、四歳までここに住んでいましたが、土地と家を手放して、出て行かれました」

主婦はそこまで話すと、いまさら本多家のことをなぜ調べるのかときいた。

紫門は、良則がほぼ一年前、山に登ったきり行方不明になっていることを話した。

主婦は、「まあ」といって驚きを顔に表わした。

良則は単独で山に登り、遭難した可能性があるが、彼の行方不明には疑問があるので調べているのだというと、主婦は、本多家のことなら、すぐ裏の平松《ひらまつ》家の主婦にきくとよいと教えてくれた。

2

平松家もこの付近では古い一棟のようだった。庭には赤と黄色の小菊がびっしり咲いていた。

七十歳ぐらいの主婦が玄関を開けた。以前住んでいた本多家のことをききにきたと紫門がいうと、主婦は一瞬顔を曇らせてから、入ってくださいといった。

紫門は本多家のことを調べている理由をざっと説明した。

うなずいた主婦は、「立ち話ではなんですから」といって、ソファのある部屋へ通した。

主婦は、本多徳次のことも、美和のことも、良則についてもよく覚えているといった。

「徳次さんは、ここから一キロばかり離れたところで建設会社を経営していました。徳次さんはお父さんの後を継いだんです。その会社は大きくはありませんでしたが、堅実な経営をしていたということでした。お父さんは初め、会社の隣りに住んでいましたが、徳次さんが結婚する直前に土地を買って家を新築しました。……徳次さんは二十代のときに結婚しましたが、四、五年で離婚してしまいました」

主婦は穏やかな口調で話した。

「離婚の原因をご存じでしたか？」

「この近くの何軒かの人たちも知っていました。よくいわれるところの放蕩《ほうとう》息子でした。独り者のころから、新宿や渋谷の女性のいる店で飲んでは、タクシーで真夜中に帰ってきました。結婚しましたが、その癖は抜けなくて、しょっちゅう飲みに行っては、朝帰りすることもありました。さすがに自分の家の前でタクシーを降りるのは気が引けるらしくて、わたしの家の前で降りるんですが、若い女性がタクシーの中から、『お寝《やす》みなさい』なんていっていることもありました。わたしの主人は魚河岸《うおがし》に勤めていましたので、朝早く起きます。徳次さんがそのころに帰ってくることもありました。仕事もよくやるが、遊びも達者という人でした。……離婚の原因は徳次さんの放蕩です。好きな女の人がいるのを、奥さんに知られたんです。奥さんは日本橋《にほんばし》で洋服生地の問屋《とんや》をしている方のお嬢さんでした。嫁にはきたが、夫の素行《そこう》にあきれはてて、出て行ったというのが正直な話です」

徳次と最初の妻とのあいだには子供がいなかったという。

妻がいても離婚しても、彼の遊びかたに変化はなかった。

「あれで会社が傾かなかったのは、徳次さんが賭け事をしなかったからだと思います。それだけはご両親からきつくいわれていたのではないでしょうか。徳次さんのお父さんは、お酒は飲んだそうですが、奥さんを泣かすような人ではなかったときいていました」

徳次の両親は、彼が最初の結婚をした直後に相次いで死亡した。

離婚した彼は十年近く独身でいたが、四十のとき、二十も歳の下の人を妻に迎えた。その人が美和だった。

美和は上品な顔立ちの温和な性格の人で、口数は少ないが近所の人たちには好かれていた。

若い妻を迎えたからか、再婚後、徳次の朝帰りはやんでいた。

美和は結婚した翌年出産した。その子が良則である。

徳次は良則を可愛がった。近所の人は徳次を見て、「人が変わった」といった。大きな犬を飼い、良則と一緒に遊ばせていた。徳次と美和の夫婦仲も円満そうだった。

良則が七歳のときだった。美和の姿が消えた。

その噂《うわさ》はたちまち近所に広がった。学校帰りの良則をつかまえて、「お母さんはどうしたの？」ときく人もいた。

母のことをきかれると良則は泣きだした。そのようすから、美和が家を出て行ったことを近所の人たちは知った。その原因は徳次にあるにちがいないと陰口をきいた。

本多家にはお手伝いがやってきた。

良則が通っている小学校の近くで美和の姿を見かけた人がいた。

美和が徳次と別れて本多家を出て行ったことが具体的になった。

徳次の朝帰りが復活した。これを見かねた平松家の主婦が徳次に会いに行った。

「わたしは美和さんととても親しくしていましたので、良則さんを見ていられなくなったんです」

主婦は紫門にいった。

主婦が行くと、徳次は平気な顔をして、『美和は根性のない女でした。私が二、三回朝帰りしただけで、天地がひっくり返ったようなことをいいはじめました』主婦はあきれてものがいえなかった。

本多家を出た美和が、二か月ぐらいすると平松家へやってきた。主婦は彼女を座敷に上げて話をきいた。

美和が本多家を出た理由は、やはり徳次の女性問題だった。彼女は徳次に、『わたし以外にからだの関係がある女性がいる人と一緒にいることはとうてい許せません』といった。

するとと徳次は、『そんなこらえ性のない女は、おれの女房としてはつとまらない』といった。

美和は良則を引き取って、離婚するといった。徳次は、離婚はしかたないが、良則を渡すわけにはいかない、あの子はうちの跡取りだといってきかなかった。

美和は予告せずに家を出ることにした。何日か前に目黒区にせまいマンションを借りておいたのだった。そこの住所を書いて出て行ったのだ。数日のうちに徳次が連れもどしに現われるものと読んでいたが、その観測は甘かった。

美和は何度も徳次に会い、良則を育てさせてもらいたいといったが、徳次は頑としてきき入れなかった。それればかりか、良則に会うことさえ禁じた。家を出て行った者は、妻でも子供の母親でもないといい放った。

美和は、本多家へもどることも、良則を引き取ることも諦めたと、平松家の主婦に語った。

美和が本多家を出て三か月ぐらいしてからだった。お手伝いが通ってこなくなった。代わって二十六、七歳の女性が、買い物をしたり、洗濯物を干す姿が、近所の人の目に触れるようになった。

何日かすると、その女性の荷物が運ばれてきた。当然のことながら近所の人たちは目を見張ったし、興味を持った。

その女性は徳次にいわれたといって、平松家へ挨拶に訪れた。『川島蕗子《かわしまふきこ》といいます。これからは良則さんのお世話をさせていただくことになりました。どうぞよろしくお願いします』と、あっけらかんとした調子でいって、主婦を唖然《あぜん》とさせた。

『あなた、子供の面倒を見たことないんでしょ？』主婦はきいた。

『十歳下の弟の面倒を見ていましたから、大丈夫です』

どこの出身かときくと、墨田区の生まれだと答えた。そのとき蕗子は二十六歳だといった。

十六歳の弟はどうしているのかと主婦がきくと、下の妹と暮らしていると答えた。

蕗子は、Tシャツにジーパン姿だった。涼風が立つと長袖のトレーナーを着ていた。

彼女は朝早く起きた。犬を散歩に連れ出した。

徳次と良則の朝食を作り、二人を送り出すとき大きな声で、『行ってらっしゃい』といった。

徳次は良則の学校へ行くような男ではなかった。学校に用事があると蕗子が出かけた。実母の美和よりも甲斐甲斐しく見えた。良則を小型車に乗せて出かけることもあった。

美和はしばしば、下校する良則の姿を見に学校の近くへやってきた。彼に声を掛けることもあった。彼のほうも美和がくることを期待していた。

近所の人は、美和が良則に会いにくるのを知っていた。蕗子はその話を耳に入れてきたらしく、良則に会いにくる美和を、そっと物陰から見ているのだった。

蕗子は良則をハイキングに連れ出すことがあった。弁当をつくって、丹沢《たんざわ》や秩父《ちちぶ》の山地へ連れて行った。

徳次のほうはそういうことはいっさいやらない男だった。のちに良則が山登りをするようになるのは、たぶん蕗子の影響だったろうといわれている。


一方、美和は徳次と離婚すると、独り暮らしをしながら会社勤めをしていた。二、三年後、勤め先で知り合った男と同棲を始めた。その男が西尾文比古だった。

美和は下校時の良則に会いにこなくなった。

すると良則のほうから彼女に会いに出かけた。

「良則さんは、成長するにつれて暗い子になりました」

平松家の主婦がいった。「わたしが想像するに、美和さんは好きな男の人ができたので、良則さんを前ほど可愛がらなくなったんじゃないでしょうか。小学校五、六年生の敏感な年ごろでしたから、じつの母親を冷たく感じていたような気がします」

「蕗子さんのほうは、どうでしたか？」

紫門がきいた。

「彼女は少しも変わりませんでした。働き者というか、献身的で、徳次さんの世話もよく焼いていました。わたしは蕗子さんとよく話をしましたが、お母さんに早く死なれたために、妹さんと弟さんの面倒を中学のころから見ていたそうです。ですから料理もできたし、家の中はいつもきれいにしていました。若いのに家事を少しも嫌がらないようでした。年月がたつと近所の人たちは蕗子さんを、『奥さん』と呼ぶようになりました。彼女にはそれが嬉しかったようです」

「徳次さんの素行はおさまったんですか？」

「たまには夜遅くまで飲んで帰ることがあったようですが、蕗子さんは美和さんと違って、徳次さんが遅く帰ってきても、文句なんかいわない人でした。妙なもので、蕗子さんがきてからは、徳次さんは朝帰りをしなくなりました。よほど蕗子さんが好きだったんじゃないでしょうか。それに徳次さんは若いころの無茶がたたったのか、良則さんが中学に上がったころから、ときどき寝込むようになりました」

「どこを病んでいたのですか？」

「最終的には肝臓がんでした。ほかにもがんが転移していたということでした」

徳次は、良則が十五のときに死亡した。

「五十六歳だったそうですね」

「わたしも見舞いに行きましたが、蕗子さんが付きっきりでした。一人っきりの良則さんが可哀相で、日に一度はわたしが行っては食事をつくったりしていました。蕗子さんも良則さんのことが気になってしかたがないようでした」

「別れた美和さんは、徳次さんを見舞ったことがあったでしょうか？」

「良則さんにも蕗子さんにもききましたが、何度かはおいでになったようです」

「徳次さんが亡くなって、会社はどうしたのでしょうか？」

「亡くなる半年ぐらい前に、もう助からないと分かったらしく、社員や取引先と話し合いをして、同業の会社と合併を決めたんです。銀行から借りていたものもあったということですが、資産を整理し、かなりの金額が残って、それを良則さんが相続したようです」

徳次と蕗子は正式な夫婦でなかった。徳次に彼女を入籍させる意思がなかったのだろうか。

紫門は、徳次の死後の蕗子の先行きに興味が湧いた。

3

徳次の葬儀は、中野区内の寺で盛大に執り行なわれた。喪主は良則で、彼の横に蕗子が並んで、会葬者に頭を下げていた。告別式には美和がやってきた。彼女は式場に設けられた椅子にすわらず、木陰に隠れるように立っていた。

葬儀がすんで一週間ほどすると、美和が花を抱えて本多家を訪れた。良則は学校へ行っていた。蕗子が家事に追われているときだった。

美和と蕗子が正式に顔を合わせるのは初めてだった。

美和は、良則を引き取りたいと蕗子に向かって切り出した。

美和の話を黙ってきいていた蕗子は、『大事なお話です。わたしたちだけで話し合うわけにはいきません。あとで良則さんの気持ちもきかなくてはなりませんが』といって膝を立てると、平松家の主婦を呼びにきた。話し合いに立ち会っていただきたいというのだった。

平松家の主婦は、美和の現況をきいた。美和は、西尾という男と一緒に暮らしていると打ち明けた。彼女より十歳も下ときいて、主婦は驚いた。

主婦は蕗子の考えをきいた。

『美和さんはたしかに良則さんの生みの親です。ですが良則さんと一緒に過ごした月日はわたしのほうが長いし、いまさら手放せといわれて、「はい、それでは」というわけにはいきません。わたしにとってはじつの子も同様です。正直ないいかたをすれば、良則さんを渡すわけにはいきません。彼の気持ちもきいてみますが、わたしがもし美和さんのところへ行きなさいといったら、彼はわたしに追い出されたと思うかもしれません』

平松家の主婦の耳には、蕗子のいいぶんのほうが筋が通っているようにきこえた。

美和の話では、良則はときどき美和を訪ねているようだった。そのさい西尾にも会っているということだったが、西尾の話になると美和の声は細かった。どうやら良則と西尾のあいだには会話はなさそうだった。

美和は肩を落として帰った。彼女は蕗子が、良則を持てあましているのではないかと想像してやってきたようだった。

学校から帰った良則に、蕗子と平松家の主婦は、きょう美和が訪れたことを話した。良則は俯いて考え顔をした。どうしようかと迷っているふうにも見えた。

『わたしの気持ちを、はっきりいうわね』蕗子が膝を乗り出した。『わたしはあなたを絶対に他所《よそ》にやりたくないの。あなたがわたしと暮らしているのが嫌だというなら、わたしがこの家を出て行くわ。……わたしは教養もないし、あなたのいいお母さんにはなれないけど、あなたの身のまわりのことだけは、いままでどおりちゃんとやっていくつもりよ』

良則はしばらく黙っていたが、『あっちへは行かないよ』と小さな声でいった。

『じつのお母さんなんだから、ときどき会いに行くのはかまわないのよ。お母さんもあなたに会いたがっているんだから』蕗子がいうと、良則はうなずいた。

数日後、良則は美和に会いに行き、いままでどおり蕗子と暮らすことを話した。

蕗子はハイキングが好きだった。真冬以外は良則と一緒にデイパックを背負っては出かけた。

彼が高校に進学したころ、それまでの日帰りハイキングでなく、一、二泊で登山に出かけるようになった。八ケ岳《やつがたけ》へ登ったとか、北アルプスに登ったといっては、平松家の人たちに写真を見せた。

良則と蕗子の関係を知らない人は、歳の離れた姉弟《きょうだい》と見ていたようである。

「徳次さんが亡くなって、二年ぐらいたったころだったと思います。蕗子さんのようすが急に変わりました」

平松家の主婦は、眉を寄せた。

「良則さんが高校生のころですね」

「とても大事な時期だったと思います」

「なにがあったのですか？」

「ほとんど毎晩のように出かけるようになったんです」

「蕗子さんが、毎晩……」

蕗子は三十六、七歳だったろう。

「恋人ができたんです」

良則は、蕗子がなぜ毎晩外出するのかを知っただろうか。

「蕗子さんに恋人ができたのが、なぜ分かったのです？」

「わたしが本人からきいたんです。車を運転して出て行き、夜遅くなって帰ってくることを知ったものですから」

「本人は、正直に答えたんですね？」

「その点、あの人は開けっぴろげというか、たいていのことはわたしに話しました。人によっては、よくもぬけぬけとということになるのでしょうが、あの人が話すと嫌みがありませんでした。『好きな人がいて、その人と会っているんです』と、少し恥ずかしそうな顔をして打ち明けました」

「蕗子さんは、そのことを、良則さんにも話したでしょうか？」

「話す前に良則さんが勘づいたといっていました」

「彼は、どんな気持ちだったでしょうね？」

「それまでと変わらないような顔をして、学校へ行っていましたが、わたしはとても気持ちなんかきけませんでした」

蕗子が毎夜のように恋人に会いに出かけた期間は一年とつづかなかった。男と別れたらしく、以前のような日常にもどった。それから数か月すると、蕗子は今度は休日のたびに外出するようになった。当然だが、良則とはハイキングに出かけなくなった。

平松家の主婦は、蕗子に新しい恋人ができたのを知った。

「蕗子さんは、勤めてはいなかったんですね？」

「一日中、家にいました。良則さんが大学を出るまでのお金ぐらいは、徳次さんが遺していましたから、蕗子さんは外へ出て働く必要はなかったんです」

「良則さんは、大学へ進みましたか？」

「それがどうしたわけか、高校三年のとき、大学へは行かないといい出しました。うちの主人もわたしも、大学には行くようにとすすめたんですが、就職するといってきかなかったんです」

良則は、高校を卒《お》えると文京区の小規模な印刷会社に就職した。

彼には友だちがいなかったせいか、高校生のころから家にこもっていることが多かった。

就職してからも同じで、帰宅すると自分の部屋に入り、本を読むか、なにかを書いていた。蕗子が不在の日は、平松家が彼を招《よ》んで、家族と一緒に食事をさせた。無口でめったに笑わない青年になった。

「良則さんが二十三、四のときでした。勤めていた印刷会社の取引先にいた女性を好きになりました。それをきいて、わたしたちはほっとしました。一年間ぐらいその人とお付き合いしていて、結婚することにしたと、うちへ報告にきました。そのころ蕗子さんは、好きな人と別れたらしく、めったに外出しませんでした。彼女がどういう人とお付き合いしていたのか、わたしたちにはわかりませんでした。気立ての悪い女性ではないけど、ものをはっきりいいすぎるところがあるからでしょうか、男の人と長つづきしないようでした」

「良則さんが結婚するときいて、蕗子さんはどんな気持ちだったんでしょうね？」

「なんとなく寂しそうでしたね。『わたしはどうしたらいいのか』なんて、ぽつりと洩《も》らしたことがありました」

良則が結婚を決めたとき、蕗子は四十三、四歳だった。

良則は家を手放すことにした。蕗子とも話し合ったし、平松家にも相談があった。

家を手放して転居することによって、蕗子とも別れることになったのだった。

蕗子が先に引っ越した。トラックを運転してきて、荷物を積み込んでいる男は、彼女によく似ていた。それを見た近所の人たちは、蕗子の弟だろうと想像した。

平松家へ別れの挨拶にきた蕗子の目はうるんでいた。それまで張りつめていたものが、急にゆるんだようだった。彼女は行き先を告げずトラックの助手席に乗り、見送る近所の人たちに頭を下げた。そのようすを、良則は家の中から見ていたようだった。

数日後、良則も荷物を運んだ。その引っ越しに平松家の人たちが手を貸した。転居先は杉並区上高井戸の貸家だった。

彼は、竹子という一つ下の女性と結婚した。二人で近くの神社で式を挙げた。当時、浜松市にいたという実母の美和はこなかった。

良則は印刷会社に約十年勤めてから、小さな印刷所を始めた。それを竹子が手伝っていた。

彼は折あるごとに平松家へ立ち寄った。

美和はどうしているのかときくと、浜松にいるとか、名古屋にいるとかいっていた。彼はたまに美和に会いに行くということだった。蕗子の話題は彼からは出なかった。

彼と竹子のあいだに子供はできなかった。彼女は四十のとき、からだの変調を訴え、寝込むようになり、入院もした。がんだった。手術したが、他に転移し、入退院を繰り返していた。

彼は印刷所を廃業し、もっぱら竹子の看病に当たった。彼女に回復の見込みがないと診断されたからだった。

彼は、某雑誌が募集したエッセイ賞に応募して入選した。それを機に紀行文やエッセイを書いては出版社に送った。それを重ねるうち、雑誌から紀行文の依頼を受けるようになった。雑誌に書いたものが載ると、平松家へ持ってきたり送ってよこした。

三年前の秋、竹子が死んだ。

4

紫門は夕方、三也子に会った。二人で何回か行ったことのある恵比寿《えびす》の小料理屋の座敷で向かい合った。

「あちらこちらを回ってきたのね。ご苦労さまでした」

三也子は同僚のようないいかたをして、ビールを注いだ。

「訪ねた先々で、意外なことばかりきいた」

紫門は、西尾文比古の勤務先できいたことを話した。

紫門は西尾の最近の勤務先から、過去の経歴をたどって歩いたのだった。それは奈良市の花松木材、東大阪市の平鉄工所、名古屋市のミナト建業、静岡県浜松市の砂山工業だった。

「東京で生まれて育った西尾さんが、なぜ各地を転々としたのかしら?」

三也子はビールをグラスの半分ほど飲んだ。彼女は紫門に付き合える程度に酒が飲める。

「それが分からない」

「あなたが調べたことをきいていると、辻岡美和さんと一緒に暮らすようになってから、東京を離れ、そして各地を動くようになったような気がするけど」

「そうなんだ。辻岡美和が本多良則の母親だったのを知ったときは、びっくりした」

「ほんと。意外だったわね。本多さんは西尾さんと会ったことがあったでしょうね？」

「何回も会っているような気がするんだ。本多は母親の美和に会いに行っている。そこには西尾がいたはずだ」

「本多さんがお母さんの美和さんと別れなくてはならなかったのが、七歳のときね。当時のことをよく覚えていたでしょうね」

「美和が本多の下校時を、小学校の近くで待っていたというんだ。それも覚えていたと思う」

「あなたの話をきいて思ったんだけど、西尾さんが勤め先を変えたり、各地を転々としたのは、美和さんに原因がありそうな気がするんだけど、どうかしら？」

「美和に原因……。なんだろう？」

「よく分からないけど、なんとなくそんな気がしたの」

三也子は煮魚を食べていた箸を置いた。

紫門はビールを飲み干すと、日本酒に切り換えた。

彼女も盃《さかずき》を受けた。

「わたしたち、槍ヶ岳へ登るあいだに、来宮亜綺子さんから、ご自分の生い立ちをきいたわね」

「毎晩、ウイスキーを飲みながら過去を話す彼女には、不思議な雰囲気があったよね」

「少女のときからとても悲惨な暮らしをしてきた人と思ってきいていたけど、本多さんは彼女に、自分の生い立ちや経歴をほとんど話していなかったんじゃないかしら？」

「そうだね。話していれば、彼女はぼくたちに本多の経歴を話したと思う」

「あなたが調べたことをきいて、わたしは亜綺子さんよりも本多さんのほうがむしろ悲惨な少年時代を送ったような印象を受けたわ」

「ある意味ではそのとおりだっただろうね」

「本多さんは、お父さんの事業がうまくいっていたからか、経済的には困らなかったようだけど、亜綺子さんよりも少年として心の傷を負うことが、たくさんあったみたい」

「本多の父親は、豪放な感じだけど、妻に対しての愛情に欠けていたし、子供の気持ちや将来をあまり考えない男だったようだ。川島蕗子という若い女性を家に入れ、平然としていたようだし」

「そういえば、蕗子さんは、本多家を出たあと、どうしたのかしら？」

「ぼくにも興味がある」

「本多さんは、十七、八年のあいだ、蕗子さんに育てられたようなものね。実母の美和さんには会いに行ったようだけど、その後、蕗子さんには会わなかったのかしら？」

どうだろうか。本多の父親徳次が死亡してしばらくたつと、蕗子には恋人ができた。本多が高校生のころのことだ。毎夜家を出て行く彼女を、本多はどんな気持ちで見ていたのか。それを想像すると、三也子がいうように、亜綺子の少女時代よりも本多の少年時代のほうが、苦痛な夜を過ごしたような気がする。

本多は小学生のとき、母に出て行かれた。父の無理解によって家を出て行かざるをえなかった。間もなく父は若い女性を家に迎えた。蕗子である。蕗子は、徳次と良則のために家事をするだけの女性ではなかったろう。つまり父の好きな人だったのだ。たぶん徳次と蕗子は、同じ床に寝ていたにちがいない。

少年良則は、母恋しさのあまり、ときどき美和を訪ねた。そのうち、母に恋人ができ、同棲を始めた。母が十歳も歳下の男と暮らしているのを見ることになった。

良則が十五歳のとき、父徳次が死んだ。良則は母代わりの蕗子と二人きりになったのだが、その蕗子に恋人ができた。彼は心の依《よ》りどころを失ってしまったのではないか。

「徳次さんが亡くなったあと、美和さんは良則さんを引き取りたいといったんでしょ？」

三也子が盃を見ていった。

「そうらしい。わが子だからね」

「ところが蕗子さんが手放そうとしなかったのね」

「彼女にとって良則は、血のつながりはないが育てた子供だ。情が移っていたんだろうね」

「蕗子さんも普通の女性だったのね。良則さんを実母に渡さなかったのに、恋人ができると、その人にしょっちゅう会いに出かけた……」

「蕗子も良則のことを考えなくはなかっただろうけど、好きな人に会いたい気持ちを抑えることはできなかったんだよ」

「良則さんは、荒れる海に浮かぶ小舟に乗っているのと同じで、揺れっ放しだったのね」

「平松家の奥さんがいっていたけど、良則は成長するにつれて、暗い人間になったそうだ。自分の置かれている環境を、いつも憾《うら》んでいたからじゃないかな」

飲んでいるうち紫門の頭に、亜綺子の顔が浮かんだ。店で電話帳を借りて「バーあき」をさがした。来宮亜綺子が銀座でやっていた店である。彼女が店を閉めて一年とたっていないから、載っていそうな気がした。

同じ名の店が二軒あったが、一軒が銀座だった。

亜綺子はゆうべ、「前にやっていた店を、始めようと考えています」と、電話でいっていた。店のあった路地を昼間、通ってみたら、店の看板がそのまま出ていたといった。その路地と店の看板を見たら、再開してみたくなったのだという。そして、「店をやっていたら、ひょっとしたら、彼が現われるような気がしたんです」と。

彼とは本多良則のことである。彼女は坊主岩小屋に置いた彼の手紙を読み返すうち、死ぬ理由のないことに気がついた。本多は彼女に別れ話を持ち出したこともないし、彼女のほうから別れたいといったこともなかった。彼に死ぬ理由があったかもしれないが、それは彼女に直接関係はないと気づいた。彼女は、店を再開して、本多がやってくるのを待ちたくなったというのだ。つまり彼女には本多が行方不明になった理由が理解できないのだった。

紫門は、銀座の「バーあき」の電話番号を押してみた。現在、使われていないという音声が流れた。番号案内で「バーあき」の番号をきいた。該当がないという。

紫門と三也子は、亜綺子がやっていたと思われる銀座の店を見に行くことにした。

そこは、有名ブランドのブティックや化粧品会社が並んだ華やかな通りとは無縁のような、細い路地だった。薄暗い路地にはオレンジ色や紫色の小さな電灯を入口につけた店が何軒もあった。「バーあき」はその路地の奥のほうだった。灯りはついていなかった。店の名が横書きされた古びた木の扉は固く閉ざされていた。もしかしたら中に誰かがいるのではないかと思って、ドアをノックしてみた。返答はなかった。

「彼女に電話して、彼女の都合がよかったら、呼び出して一緒に飲もうか？」

紫門は三也子にきいた。

「もう遅いわ」

九時を少し回ったところだったが、彼女は首を横に振った。

薄暗い路地を抜けてくる男がいた。紫門と三也子は路地の角でその男をやり過ごした。髪を長くした長身の男だった。この路地のどこかの店で飲んでいたか、これから飲みに行く人のように見えた。

華やかな通りに出ると、和服や派手なミニスカートのスーツの女性たちが、四、五人の客を送り出していた。

ビルを振り仰ぐと、クラブの色とりどりのネオン看板が縦に並んでいた。かつて亜綺子は、そういうネオンを光らせた店で働いていたようである。自分の店を持って六年間、夜ごとクラブのネオンを仰いでは路地を入ったにちがいない。「バーあき」へ通っていた本多も、同じように華やいだクラブの名を目に映して、猫の抜け道のような薄暗い路地を曲がったのだろう。彼は亜綺子に会いたくて、彼女に吸い寄せられるように路地に入り、「バーあき」の小さな灯が近づくと足を速めたような気がする。

5

紫門は小室主任に連絡して、川島蕗子の住所を公簿上で追跡してもらった。彼女は浅草《あさくさ》に住んでいることが分かった。

本多家を四十四歳のときに出た彼女が、現住所に落ち着くまでに四回住所を移っていた。それは公簿上であるから、転居の回数はそれ以上であることも考えられた。彼女はいま六十五歳である。

蕗子の現況が決して恵まれていないことが、アパートの造りとその古さで想像できた。

茶色に塗られた二階のドアを、紫門はノックした。不在らしく応答がなかった。柱には手書きの「川島」という表札が出ていた。

もしや健康を害して寝込んでいるのではないかと思い、もう一度ドアを叩いてみた。やはり返事がなかった。

アパートは静まり返って物音がしなかった。窓の向いているほうは墓地である。このアパートには十二室あるが、入居者は独身者ではなかろうか。公簿の上では蕗子は独身である。

紫門はアパートの壁に寄りかかって本を読みながら時間を潰した。家主を訪ねて蕗子のことをきこうかと気づいたが、そのことが彼女に知れたとき、いい気持ちはしないだろうと思い直した。

彼の足元を差していた陽が遠のいた。一時間あまりたったのだった。黒いジャケットにグレーのわりに上背のある色白の女性が、階段を昇りはじめた。黒いジャケットにグレーのパンツ姿で、白い紙袋を提げていた。

彼も階段を昇った。女性は「川島」の表札の出たドアに鍵を差し込んだ。

「川島蕗子さんですか？」

紫門の問いかけに、彼女はドアに手をかけて振り向いた。見知らぬ男にフルネームで呼ばれてとまどっているふうだった。

紫門は名刺を出し、本多良則を覚えているかときいた。

彼女は買い物袋を持ちかえると、紫門の素姓を窺《うかが》うようにじっと見つめた。丸顔で艶《つや》のある肌は、とても六十代半ばには見えなかった。

「お入りください。せまいところですが」

彼女は先に上がって、脱いだ靴を隅に寄せた。生えぎわだけが白いところをみると髪を染めているようだ。着ている物は上等とはいえないが、小ぎれいだった。

「本多さんが、どうかしましたか。いえ、なぜ本多さんのことを、わたしに?」

彼女はわずかに疑う目になった。

「本多さんが渋谷区本町に住んでおられたころ、川島さんがそこにおいでになったことを、近所のお宅できいたものですから」

「本多さんの近所の……。平松さんではありませんか?」

「平松さんです。川島さんのことをよく覚えていました」

彼女の目が和《なご》んだ。「懐かしい」といっているようだった。

彼女は、少し待ってくださいといって、奥に引っ込んだ。小さな物音をさせていたが、

「お上がりください」

と、奥からいった。彼を信用したようだ。

二部屋に台所という造りだった。部屋は片づいていた。彼女はきれい好きのようだ。ひょっとしたら本多良則の父の徳次は、かつて彼女のこの性格を見込んで、自分の家へ迎えたのではなかったか。

敷かれた座布団に正座した彼を見た蕗子は、

「誰もきませんから、どうぞ楽にしてください」

といって、ガスに点火した。

冷蔵庫もテレビもテーブルも小振りだった。公簿どおり彼女は独身で一人暮らしのようである。

お茶を淹《い》れると、彼女はテーブルをはさんですわった。

「いま思うと、恥ずかしいこともお耳に入ったでしょうね」

彼女は目を笑わせた。

紫門は彼女に会うまで、高い声ではっきりものをいう女性を想像していたが、それははずれていた。彼女が年齢を重ねたからだろうか。それともほぼ二十年のあいだに触れ合った人が、彼女を変えたのか。

紫門は首を横に振った。彼の知るかぎり彼女は人の倫《みち》を踏みはずしたことはしてこなかったような気がする。

「本多良則さんになにかあったんですか？」

蕗子はテーブルに置いた紫門の名刺に目を落とした。山岳遭難救助隊員の肩書のついた男の訪問を受けたのは、初めてではないだろうか。

「北アルプスの槍ヶ岳をご存じですか？」

「登ったことはありませんが……」

「槍ヶ岳直下に、坊主岩小屋というのがあります」

「なにかで読んだことがあるような気がします」

「一年前です。そこで、Ｙ・Ｈの署名入りの置き手紙が発見されました」

「岩小屋に、置き手紙……」

彼女は目を見張った。やや細い目だが愛嬌がある。

「ある女性に宛てた手紙でした」

その手紙が宛名の女性の掌に落ちるまでの経緯を話した。

「その女性の話によって、Ｙ・Ｈが本多良則さんだということが確認されました」

「良則さんは、なぜ置き手紙なんか……」

蕗子は膝の上で拳《こぶし》を握った。

紫門は、置き手紙の内容を話した。

「それは、遺書ではありませんか」

彼女は唇を震わせた。目をうるませた。

「救助隊は、自殺を考えましたので、捜索をしました。しかし、亡くなったという痕跡は発見されませんでした」

「険《けわ》しい山のことですから、見つけにくいでしょうね」

彼女は立ち上がると、台所で目を拭《ぬぐ》い、ハンカチを持ってもどった。

「ある女性とおっしゃいましたが、良則さんの奥さんは？」

「三年前の秋に、病気で亡くなりました」

蕗子は目を瞑ると顔を伏せた。

紫門は彼女をしばらく観察した。

「あの子、幸せじゃなかったんですね」

彼女はハンカチを口に当てていった。

彼は、平松家できいた本多の経歴を話した。妻の看病のために、経営していた印刷所を閉じ、紀行文などを雑誌に発表していたことも説明した。

「あの子、高校生のころから詩のようなものを書いていました。勤めはじめてから同人雑誌の仲間に入って、小説や詩を書いていました。いつも自分の部屋にこもっていましたので、わたしはときどきハイキングに連れ出しました。最初に山へ連れて行ったのは、わたしでした」

「結婚なさってからも、ときどき山登りをしていたということです」

「山で自殺するなんて……」

蕗子は、また泣きだした。紫門は話を中断させた。

「あなたは、良則さんにとってはいわば育ての親でした。彼が結婚するに当たって、本多家をお出になったそうですが、なぜですか？」

「わたしがあの子に対して、罪なことをしたからでした」

恋人ができ、毎夜のように外出していたことをいっているようだった。

「わたしがなにをしても、あの子は一言もなじるようなことをいいませんでした。わたしが実の母親でないからだったでしょうね。……あの子に好きな女性ができて、結婚するときいたとき、わたしは祝福しました。実の母親に対しての当てつけではありませんが、人並みの結婚式を挙げてあげたいと考えていました。花嫁さんと三人で写真を撮りたい、三人で徳次さんのお墓にも参りたいと思っていました。……いまでも忘れません。それをわたしが話したとき、あの子は、蕗子さんと……あの子はわたしをそう呼んでいました。……一緒に式を挙げるつもりはないし、一緒には住まないといったんです。わたしはあの子の口から出た言葉が信じられなくて、『本気じゃないでしょ』とききき返しました。あの子は、きつい目をして、『この家から出て行ってくれ。ぼくも出て行く』といいました。あの子のあんな顔を見たのは初めてでした。……徳次さんが亡くなったあと、わたしがしたことを、彼は胸の中にしまっていたんです。いつかきっと仕返ししてやると、わたしを恨みつづけていたんです。わたしをあの家から追い出したのは、あの子の復讐だったんです。あのころのわたしは自分のことだけ考えて、あの子の気持ちを推しはかることを忘れていました。わたしはあの子の手で、崖から突き落とされた気持ちでした。良則さんの考えかたを変えるには手遅れでした。それで彼のいうとおりにして、本多家を出ることにしたんです。悪いのはわたしでしたから」

平松家の主婦の話とはいくぶん食い違いがあった。紫門には蕗子のいうことが真実にきこえた。

「本多家を出てから、良則さんにお会いになりましたか?」

「いいえ、一度も……。わたしは住所も知らせませんでした。何年かは彼のことが気になって、平松さんにどんな暮らしをしているかきこうと思ったこともありましたけど、きいたところで会えるわけがないと思い直しました。わたしの生活も変わりましたし」

本多家を出て一年ほどすると、彼女にはまたあらたに好きな人が現われた。不倫の関係だったが、相手は妻と別れて蕗子と一緒になるといった。彼女はその言葉を信じていたが、関係が二年もつづくと、相手は妻と離婚するといったことを忘れたように、蕗子と会う回数が減りはじめた。彼女が彼の勤め先へ電話すると、居留守を使うようになった。すっかり彼の熱の冷めたのを知り、彼女は彼に期待しなくなった。

四十六歳になった彼女に、また好きな男性ができた。離婚経験のある人だった。その男は、付き合いはじめて三、四か月たつと、一緒に暮らしたいといった。彼女より二つ上だった。

彼女は、今度こそ家庭を持てると確信した。誠実な男に見えたからだった。彼の希望で、二人の住む場所をさがした。

その男と一年間一緒に暮らして分かったが、蕗子と知り合う前から関係を持っていた女性がいた。彼女は一日として彼と暮らしていられなくなり、彼が勤めに出ているあいだに、荷物をまとめて引っ越した。

彼は彼女を追って会いにきたが、彼女はもどる気はないと宣言した。

その間彼女は、弟の始めた小さな会社に従事していた。五年前まで勤めていた。現在は弟に生活の援助を受けて暮らしているという。

蕗子は本多良則の自殺を信じているようだった。紫門が本多の置き手紙のコピーを読ませたら、来宮亜綺子と同じように、「これだけのことで自殺するとは思えない」といったかもしれない。

彼女は、「あの子に山を教えたのはわたしでした」と繰り返し、本多に謝るように手を合わせた。

「あの子のお母さんは、どうしているでしょうか？」

蕗子はきいた。

「大阪で独り暮らしをしているようです」

「なぜ大阪へ？」

「一緒に暮らしていた人の都合で、各地を転々としたようです」

「一緒に暮らしていた人……。再婚なさったんじゃないんですか？」

「結婚はしませんでした」

「その人は、亡くなったんですか？」

「別れたんです」

「美和さんは、たしかわたしより二つ上でした。どうやって生活しているんでしょうね？」

分からない、と紫門は答えた。

「美和さんと別れた男性は、一年前に行方不明になっていましたが、先月、槍ヶ岳の近くで発見された遺体が、その人によく似ています」

「その人も山登りをしていたんですか。……それにしても槍ヶ岳の近くで……」

蕗子は天井に目をやると口を閉じ、顔を曇らせた。

あとでなにかきくことを思いつくかもしれない、と紫門はいって、蕗子に電話番号をきいて控えた。

彼女の口数は減り、顔色は蒼ざめた。祈るように固く手を合わせて、紫門を見送った。

六章　消える人たち

1

紫門は来宮亜綺子に電話し、会えないかときいた。

彼女は暇を持てあましていたように、いつでも会えるといった。

「紫門さんは、日本酒がお好きのようでしたから、和食のお店でお会いしましょうか」

と彼女はいって、六本木《ろっぽんぎ》の料理屋の場所を教えた。

その店に亜綺子は先に着いて、奥のテーブルでお茶を飲んでいた。

柱も戸縁《とぶち》も天井もまっ黒に塗った造りだった。カウンターに立っている三人の板前の白衣が目にしみるようである。

メニューを見て紫門は、出身地の青森の酒を選んだ。

亜綺子も同じのにするという。

「あなたはウイスキーのほうがいいのではありませんか」

「なんでも飲みます。眠る前はウイスキーですが」

彼女は黒のジャケットに白い丸首シャツ、黒のパンツだった。

料理は任せると彼がいうと、菊花の酢のもの、生ガキのマリネ、うずらの焼きとりを彼女は注文した。この店には何度もきたことがあり、うまい物を知っているようだった。

「槍ヶ岳の近くで見つかった人の身元は確認できたんですか?」

亜綺子は紫門の酒を受けた。

「西尾文比古という人にほぼ間違いないでしょうが、まだ断定にはいたっていません」

紫門は、うずらの焼きとりを食いちぎった。噛んだとたんにうまいと思った。

「来宮さんは、本多さんから生い立ちや経歴を詳しくきいていましたか?」

「詳しくはきいていません。子供のころにご両親が亡くなったことと、四年前に奥さんを病気で亡くされたことぐらいしか。……小さな印刷所をやっていたことがあるという話をきいた覚えがあります」

彼女は盃を置いた。

「お父さんは、本多さんが十五のときに亡くなっていますが、お母さんはご存命のようです。元気かどうかは分かりませんが」

「お母さんはご存命……。彼はどうして亡くなったなんていったんでしょう」

「なぜでしょうね。隠すことではないと思いますが」

「お母さんは、東京にいらっしゃるんですか？」

「大阪にいるのではないかと思います。どういう暮らしかたをしているかは知りません」

「大阪とは……。大阪の出身の方ですか？」

「東京生まれということです」

紫門は、どこから話したものかを迷った。

「西尾文比古さんのことを調べるために、奈良や東大阪市、それから名古屋市、浜松市を回って東京へもどったんですが、彼の経歴を知るうち、本多さんの生い立ちや経歴も知ることになったんです」

「なぜ、本多さんのことが？」

亜綺子は箸を置くと、紫門の盃を満たした。

「本多さんが七歳のとき、お母さん……美和さんという名ですが彼女は本多家を出て行きました」

「離婚したんですか？」

「のちに離婚しました。美和さんは離婚して何年かしてから、西尾さんと一緒に暮らすようになりました。西尾さんと一緒に暮らしている女性は辻岡という姓だということが分かりましたが、それは旧姓で、本多徳次という人と結婚していたことが分かりました。徳次さんは本多さんのお父さんです」

亜綺子はシャツの襟元に手を当てた。首を少し傾げてから、タバコに火をつけた。急に食欲がなくなったような表情をした。

美和を家から追い出した徳次は、数か月後に川島蕗子という女性を迎え、本多の世話をさせるようになったことを話した。本多の両親の離婚の原因は、徳次の放蕩にあったことも話した。

亜綺子は黒い天井を仰いだ。自分の子供のころを思い出しているのではないかと、紫門は想像した。

「本多さんは、家を出て行ったお母さんに会っていたでしょうか？」

「お母さんは、徳次さんに隠れるようにして息子に会いにきたし、本多さんもたびたびお母さんに会いに行っていたようです」

「西尾さんはなにをしていた人ですか？」

「会社員です」

「転勤で、浜松や名古屋へ行くことになったんですか？」

「そうではありません。各地へ転居するたびに勤め先を変えました。最後の勤務先が奈良市でした」

「本多さんのお母さんは現在、大阪にいるということでしたね？」

「たぶんそうだと思います」

「一年前に西尾さんが山登りに出発したのに帰ってこない。それを警察に相談して、さがしてもらわなかったんですか？」

「西尾さんは一昨年の四月、美和さんと一緒に住んでいた東大阪市から、単身奈良へ移りました。美和さんと別れたんです」

「別れた……。美和さんは本多さんの母親ですから、とうに六十は過ぎていますね」

「六十七歳です。さっき、美和さんは大阪で暮らしているといいましたが、確かめたわけではありません。東大阪市で西尾さんと暮らしているとき、大阪方面へ通勤していましたから、大阪にいるのだろうと私が想像しているだけです」

「美和さんは独り暮らしでしょうか？」

「それも分かっていません」

「紫門さんは、美和さんをさがしますか？」

「さがします。私にとっては重要なことですから」

美和は、住民登録を東大阪市に置いたままである。どこへ転居したのか不明な人の現住所をどうやってさがし当てるかを、紫門はこの前から考えている。

「わたしは、お酒を飲みながらですけど、自分が育った環境や家族のことを、本多さんにほとんど話したつもりです。彼がわたしと一緒になりたいといったとき、『なれるわけないでしょ』とわたしはいいましたが、ほんとうは嬉しかったんです。その言葉をきいたあと、旅行に連れて行ってもらうたびに、父や母のことや、うちにお金がなくて、父のところへわずかなお金をもらいに行ったことも話しました。わたしの生い立ちをきいて、彼がわたしを嫌いになったら、それはしかたがないと考えたからでした。過去は消せませんから、あとで知られるよりも、自分の口から話しておいたほうがいいと思いました。すべてを話しつくしたかどうかは分かりませんが、思い出したことは話したつもりです……。わたしがめったに人にいわないことも話したのですから、彼も隠さず話してもよかったのにと思いますが、なぜ、自分のことは語らなかったんでしょうか？」

「あなたに先に話されて、気おくれしたんじゃないでしょうか」

「わたしに調子を合わせて、話してくれればよかったのに……」

彼女はハンカチで鼻を押さえると、紫門の注いだ酒を一気に飲んだ。

「槍ヶ岳へ連れて行っていただいたとき、お話ししたと思いますが、わたしが本多さんに、子供のころのことを話したり、愚痴をいったりしても、彼はいつも黙ってわたしのいうことをきいていました。自分の過去を語らなかったのは、わたしのことをほんとうに好きではなかったのでしょうか？」

「そんなことはなかった思います。本多さんは真剣に、あなたと一緒になりたいと考えていた。だからたびたび旅行に誘ったんです」

彼女は、どういう意味か緩く首を振った。視線を一点に据え、ハンカチを固く握りしめた。

二人のあいだの空気が重くなった。

「じつはゆうべ、片桐君と銀座へ行きました」

俯いていた亜綺子は顔を上げた。

「どこかでお飲みになったんですか?」

「もしかしたらあなたが、前にやっていた店を開いているのではないかと思ったものですから、電話帳でさがして、行ってみました」

「そうでしたか。誘ってくだされば、どこかへご案内しましたのに」

「あの店を、再開するんでしょう?」

「そのつもりです。店をやっていないと……」

彼女は熱い息を吐いた。

彼女は紫門たちと槍ヶ岳へ登ったとき、本多はどこかで生きているといった。バーを再開すれば、彼はひょっこり現われそうな気もするといった。

本多が生きていたら、亜綺子の店へ現われるだろうか。ふらりと店へやってくるのではないかというのは、彼女の願望で、彼は生きていても、彼女とは無縁の遠いところにいるような気もするのだ。

亜綺子と二人で、銚子を何本も空けたが、彼女は少しも酔わなかった。

2

紫門が「民宿」と呼んでいる石津家へ帰ると、小室主任からの郵便が届いていた。手紙には、単独の調査でやりにくいことが多いだろうが、頑張れ、と書いてあり、カラー写真が三枚入っていた。槍ヶ岳近くの槍沢で、登山者が拾ったカメラを撮ったものである。キャンタックスという一眼レフの高級カメラである。それが拾われた地点の地図も添えてあった。

カメラが拾われたときの状況を電話できいていたが、あらためて詳しく書いてあった。小室がこのカメラを重要視している証拠だった。

登山者が落としたものなら、カメラは破損しているはずである。落とした人は付近をさがしただろう。積雪期に落としたために見つからず、破損もしなかったのか。

カメラを拾った登山者の話によると、岩のあいだに置き忘れたように落ちていたという。フィルムは装塡されていなかった。小室は、ひょっとしたら、近くで遺体で発見された西尾の物ではなかったかといっていた。西尾の物だったとしたら、彼は山中で何者かにカメラを奪われ、フィルムを抜き盗《ぬと》られた可能性が考えられる。もっと疑えば殺害されたかもしれない。加害者にとって不利になるものが写っていそうだから、殺害後カメラを奪い、フィルムを抜き盗った。抜き盗ったのはそれだけではないだろう。西尾は時計を持っていなかった。着衣やザックの中には身元の分かる物をいっさい持っていなかった。彼の頭を石で殴って殺害した犯人が、遺体の身元を分からなくする目的で持ち去ったことが考えられるのだ。

写真のカメラが、なぜ登山者の目に触れるような場所に落ちていたのかを、紫門は考えた。

カメラが西尾の物だったとしよう。彼が死亡したのは、昨年の十月十五日以降である。槍ヶ岳付近にはすでに雪が積もっていた。彼が殺されたものと考え、犯人はカメラを奪い、装塡されていたフィルムを抜くと、下山中に放り投げた。雪が積もっているから地形がよく分からない。カメラは露出した岩などに当たらず、雪の中に落ちた。冬を越し、雪解けとともに沈んで、あたかも置き忘れられたように岩のあいだにおさまったということではないか。

このカメラは、西尾が遭難したのか殺害されたのかを決める証拠物件になりそうだ。

十月五日、紫門は再度、東大阪市へ行くことにした。朝から夏のような暑さだ。北海道の大雪山《だいせつざん》系の山々は初冠雪を見たというが、北アルプスには一度も雪が降らない。例年ならとうに冬化粧をしているのであるが、今年は異常な高温つづきだ。

彼は半袖シャツを着、ジャケットを腕にかけた。

東京と違って大阪は涼しかった。近鉄線を枚岡で降り、小川に沿う坂道を平鉄工所に向かった。

けさ、新幹線の車中から社長に、「見ていただきたい物がある」と電話しておいた。社長はきょうも、機械油の染みのある作業服を着ていた。プレス機が地を打ち、その音が腹にひびいた。

「私に見せたいとは、どんな物ですか?」

社長は興味を持って待っていたらしい
紫門は黒いバッグから写真を三枚出した。小室が送ってよこしたカメラの写真である。

「このカメラは、槍ヶ岳の近くで登山者に拾われたものです」

「槍ヶ岳というと、西尾らしい男が遺体で見つかった山ですね」

「遺体発見現場とは五〇〇メートルぐらい離れた場所です」

「この前の紫門さんのお話では、西尾らしい男は、カメラを持っていなかったということでしたね?」

「カメラもフィルムも、ザックに入っていませんでした」

「この写真のカメラは、西尾の物じゃないかというんですね？」

「あるいはと思ったものですから」

社長はうなずくと、小部屋を出て行った。四、五分して、帽子をかぶった髯面《ひげづら》の五十男を連れてもどってきた。ここに西尾が勤務しているあいだ比較的親しくしていた同僚だと、社長は男を紫門に紹介した。男は汚れた帽子を脱ぐと小脇にはさんだ。

社長もそうだったが、その男も西尾から山の写真を見せてもらったし、写真のパネルをプレゼントされたことがあるという。

「このカメラ、西尾さんのじゃないでしょうか」

男は、写真を摘んでいった。

「あなたは、西尾さんのカメラをご覧になったことがありますか？」

紫門がきいた。

「何回も見ました。西尾さんは、会社の旅行やこの近くの会社との運動会のとき、カメラマンをつとめました。私が西尾さんのカメラで彼を撮ったこともあります。私もカメラを持っていますが、それとは比べものにならないくらい、西尾さんはいいカメラを持っていました。キャンタックスだったのを覚えています」

「西尾は、なにしろ写真が好きでした」

社長が口を添えた。

写真のカメラが西尾の物だとはいいきれないが、同機種であることは間違いなさそうだ。

わざわざ東大阪まで足を運んだ甲斐があった。

ここまできたついでである。西尾が辻岡美和と思われる「妻」と住んでいた、小さなマンションの家主をもう一度訪ねた。

家主に、西尾のカメラを見たことがあるかときいた。

「カメラですか?」

家主は首を横に振った。

当時、辻岡美和と思われる女性は、電車で大阪方面へ通っていた。したがって大阪方面へ転居したのではないかと見当をつけている。

紫門は家主に、西尾の妻が引っ越ししたときのようすをあらためて思い出してもらいたいといった。

「荷物を運んだのは、運送業者でしたか?」

家主は腕組みしていたが、

「いや、若い男が一人できて、奥さんと一緒にトラックに積んでいました。荷物を積みおえると奥さんは、部屋を掃除して、私のところへ挨拶にきました。そのとき私は、どこへ引っ越すのかをきいたような気がします。奥さんはたしか、西のほうといったんじゃなかったかな」

思い出せないというふうに、家主は首を振った。

若い男が一人でトラックを運転してきたということは、知り合いか、それとも勤務先の人に頼んだのではないか。美和と思われる女性は、トラックの助手席に乗ると、目を瞑って去ったという。

そうだ。美和には兄妹《きょうだい》がいるのではないか。兄妹なら彼女の現住所を知っていよう。

紫門は小室主任にこのことを連絡した。

小室はすぐに調べるといった。辻岡美和の戸籍から兄妹がいるかどうかを調べ、その人たちの現住所を割り出すのだ。

紫門はなぜそこに早く気づかなかったかを悔やんだ。

彼は奈良市へ行くことにした。最後に西尾が勤めていた花松木材を訪ね、同僚に会うつもりだ。

先日の総務課長に会った。

「槍ヶ岳で見つかった男の遺体が、西尾だということがまだ分からないんですか?」

総務課長は、紫門を事務室に通した。周りにいる社員が二人の会話にきき耳を立てた。

紫門はカメラを撮った写真を見せた。

総務課長は、西尾のかつての同僚の一人を呼んだ。

「私は、西尾さんと一緒に住んでいた女性の勤め先を知っています」

呼ばれてきた男は西尾のカメラを知らなかったが、意外なことを口にした。

彼は、去年十月まで西尾が住んでいた、称名寺裏手のアパートを知っていたし、西尾が四十歳見当の女性と一緒に歩いているところを見たことがあった。車で通ったのだが、西尾が垢抜けした背のすらりとした女性と肩を並べて歩いていたので、車をとめてしばらく眺めていた。次の日会社で、西尾にそのことをきいた。『独り暮らしなんていいながら、いい人がいるんじゃないか』と。すると西尾は頭を掻いて、『見たんですか』といったという。

西尾が会社をやめてからである。かつての同僚は木材を取引先へ運んでいたとき、京都・木津《きづ》のスーパーマーケットへ寄った。するとその店のレジに西尾と歩いていた女性がいた。彼女はその店の従業員だった。彼はそのことを、同僚の何人かに話した。西尾が退職したあとだったので、彼が行方不明になっていることも、女性がアパートを無断で退去したことも知らなかったという。

「あなたが、その女性を見かけたのは、いつでしたか?」

紫門がきいた。

「今年の二月ごろです。このへんに雪が舞った日です」

「女性の名をご承知ではないでしょうね？」

「スーパーの従業員は、胸に名札をつけていました。その人の名札を見ましたが、苗字は忘れました。なんでも珍しい苗字だなと思ったことだけは覚えています」

「山とか、川とか、海とかの字がついていましたか？」

「思い出せません」

「その女性は、いまもスーパーマーケットに勤めていると思いますか？」

「分かりません。そのときに見ただけですから」

紫門は女性の特徴をきいた。

「身長は一六七、八センチあります。レジが四、五台ある店ですが、そこにいた女性ではいちばん背が高かったようでした。髪を後ろで束ねていました。面長で、ちょっときつい目の美人です。ほかに似たような人はいなかったと思いますから、分かるんじゃないでしょうか」

貴重な情報だ。その女性がスーパーマーケットにいまも勤めていれば、西尾に関することをきけそうだ。彼女がそこをやめていても、住所が分かりそうな気がする。

3

花松木材の社員が描いてくれた地図をたどると、わりに大きなスーパーマーケットがあった。道路から内部をのぞくと、レジが四台並んでいた。そこには縦縞のユニホームを着た女性がいるが、顔をよく見ることはできなかった。

紫門は店の中へ入った。どのレジにも籠《かご》を提げた客が二、三人並んでいた。レジ係の女性で最も長身の人のポジションはいちばん後ろだった。彼はそこへ二、三歩近づいた。

その女性は四十歳ぐらいで面長だ。髪を後ろで束ねている。彼女は馴れた手つきで客をさばいていた。彼女が目当ての人にちがいなかった。

彼は、清涼飲料水とスナック菓子とガムを籠に入れ、レジに並んだ。四人目に彼の番がきた。女性のユニホームの胸には「磯脇《いそわき》」という名札がついていた。彼女は彼の顔を見ず、商品を白い袋に入れ、料金を受け取った。

スーパーマーケットの営業時間は、午前十時から午後九時三十分と表示してあった。従業員は早番と遅番の交替制だろう。現在午後二時だ。もう二時間もしたら交替するのではないか。

彼は外に出て、磯脇という女性が勤務を終えて出てくるのを待つことにした。従業員の通用口は駐車場に面している。そこを張り込んでいれば、見逃すことはなかろう。彼は道路から何度もレジをのぞいた。午後四時、四人のレジ係がべつの人に代わった。交替時間になったのだ。

彼は駐車場に回り、通用口をにらんだ。

午後四時三十分、磯脇らしい女性が出てきたが、服装が変わっていて彼をあわてさせた。髪型から彼女に間違いないと思った。

彼女は車や自転車ではなかった。駐車場を横切り駅のほうへ向かって歩きはじめた。

「磯脇さん」

後ろから彼が呼ぶと、彼女は一瞬、どきっとしたように足をとめたが、すぐには振り向かなかった。

「磯脇さんですね？」

彼は接近した。

振り向いた彼女はバッグを胸に押しつけていた。

紫門は名刺を出した。

彼女は硬い表情をして、名刺を読んだ。

「わたしに、なにか？」

彼女は眉を寄せた。

「西尾文比古さんのことをお伺いしたいんです」

彼女は顔を隠すように左手を額に当てた。

大きなきつい目をしているが、ととのった顔立ちである。紺色のセーターにベージュ色のパンツを穿き、灰色のシャツを着ている。色白で清潔な感じであるが、性格の激しさの表れか、目元に険があった。

「なぜわたしのことが分かったんですか？」

彼女は彼を警戒するように上目遣いになった。

「西尾さんのことを知るために、さんざんあなたをさがしました」

彼女は首を曲げた。どうやって勤務先をさがし当てたのかを考えているようだった。

どこかで話をききたいというと、彼女は先に立って歩きだした。歩幅がせまいのは、なにをきかれるかと気を揉んでいるからだろう。

駅前に小さな喫茶店があった。

「ここでよろしいでしょうか？」

彼女は初めてまともに口を利いた。

紫門はまず、どうして彼女をさがすことになったのかを説明しなくてはならなかった。

「去年の十月、西尾さんが山へ出かけたことはご存じですね？」

「知っています」

彼女の声は細かった。目を伏せて、膝に置いたバッグのあたりに視線を当てている。

彼は、カメラを撮った三枚の写真を彼女の前へ置いた。

彼女は緊張の解けない表情のまま、写真を手に取った。

「そのカメラに見覚えがありますか？」

「西尾さんが、これと同じカメラを持っていました」

高価なカメラだが、間違いないかと、念を押した。

「彼はカメラがとても好きで、大切にしていました。山へ出かけるときも、これと同じのを持って行きました。……これ、彼のカメラですか？」

「分かりません。そうではないかと思われるふしがありますが。……あなたは、西尾さんがどこの山へ登ったかを、ご存じでしょうね？」

「北アルプスだといって出かけました」

「なんという山でしょうか？」

「知りません」

「西尾さんはあなたに、山行計画とか、どこへ泊まるかなどを話して出発しなかったんですか？」

「じつをいいますと、彼が出発する五、六日前、彼とわたしはいい争いをしました。原因は、彼がわたしになにもいわずに会社をやめてしまったからです。それからおたがいに、ほとんど口を利きませんでした。……彼はリュックを出して、それに着る物やカメラを詰めました。『出て行くの』と、わたしはききました。それほど二人のあいだの空気は険悪になっていたからです。彼は山へ登ってくるといいました。出がけに、『北アルプスへ登る』と一言だけいいました」

「山へ出かけた西尾さんから電話はありましたか？」

「いいえ、一度も」

「西尾さんが出発して一か月ぐらいたってからでしょうか、あなたは西尾さんが帰ってこないことを誰にもいわず、家主にも断らずに、住んでいたアパートを出て行きましたね。なぜですか？」

「彼が出発して一か月と少し待っていましたけど、彼からは電話もないものですから、山へ登るというのは嘘で、わたしと別れるために出て行ったのだと思いました。彼が借りたアパートでしたので、わたしが独りで住んでいるわけにはいかないと考え、べつのところへ引っ越すことにしました」

「西尾さんが山で遭難したことは考えなかったんですか？」

「もしかしたらそうじゃないかと思ったこともありましたけど、会社をやめたことや、わたしといい争ったことを考え合わせると、わたしが嫌いになって、遠くへ行ってしまったとしか思えなくなりました。……彼は遭難したんですか？」

　彼女は蒼ざめた顔になった。

「九月二十六日、北アルプスの槍ヶ岳近くで、男性の遺体が発見されました。死後一年ぐらい経過していることが分かりましたが、身元の分かる物を持っていないため、誰なのか不明でした。いろいろ調べているうちに、西尾さんではないかと思われるようになりました。西尾さんは去年の十月十四日に横尾山荘というところに泊まっていましたが、そのあとどこへ登ったのかも分かっていません。あなたは西尾さんの書いたものをご覧になったことがありますか？」

「書いたものといいますと？」

「筆跡です」

　彼は、横尾山荘の宿泊カードのコピーを彼女の手に取らせた。

「彼の字です」

　カードを持った彼女の手は震えていた。

「西尾さんは、あなたと別れるために、どこかへ消えたわけではありません。少なくとも去年の十月十五日の朝までは北アルプスにいたんです。西尾さんが出発して一週間後ぐらいに、あなたが所轄の警察に、西尾さんが北アルプスへ出かけたままなんの連絡もないと届ければ、私たちの救助隊は捜索しました」

彼女は蒼くなった頬に手を当てた。

西尾は時計をはめていたかと、紫門はきいた。

「はめていました。黒い文字盤の時計です」

「名札とか、住所、氏名の分かる物を持っていたでしょうか？」

「それは知りません」

「出発したときの服装を覚えていますか？」

彼女は首を傾げていたが、ザックの色はたしかブルーだったと答えた。

「ダウンジャケットの色はどうですか？」

「紺です。冬はそれを着て通勤していました」

槍ヶ岳の南東で発見された遺体が着ていたダウンジャケットは紺色だった。二メートルほど離れたところにあった大型ザックの色はブルーである。

ザックの中身を見れば、西尾の物かどうかの判断がつくかときくと、彼女は紫門の顔を見てうなずいた。

紫門は喫茶店を一歩外へ出て、小室主任に電話した。西尾と同居していた女性が見つかり、いま会っているのだと話した。

「その人には、遺体が身につけていた物や持ち物を見てもらう必要がある。こっちへよこしてくれないか」

　小室はいった。

　遺体が西尾と確認されたら、彼女は引き取るだろうか。

　紫門は彼女の前へもどった。

4

　紫門は磯脇にフルネームをきいた。

「磯脇尚子《しょうこ》です」

　彼女はテーブルに指で文字を書いた。四十歳だという。

　住所をきいた。木津から一つ京都寄りの駅が最寄《もよ》りだという。

　紫門は彼女に、遺品を確かめに豊科署へ行ってもらいたいといった。

「わたしがですか？」

　彼女は眉を寄せた。

「あなたと西尾さんは、ご夫婦同様の生活をしていた。西尾さんと思われる人の遺品を確認する義務があります」

　彼女は、胸で手を組み合わせてうなずいた。

紫門は冷めたコーヒーを飲んだ。

「あなたは、本多良則さんという人をご存じですか？」

「いいえ。どういう人でしょうか？」

「西尾さんがあなたと一緒に暮らす前、東大阪市である女性と暮らしていたことは？」

「知っています。なんというお名前かは知りませんが、彼よりだいぶ歳が上だったということです」

「辻岡美和さんという人です。西尾さんは彼女と三十年以上一緒に暮らしていました。辻岡さんは西尾さんと一緒になる何年か前まで結婚していて、その間に産んだ一人息子が本多良則さんです。西尾さんから、そういう話をきいたことはありませんか？」

「ありません。本多さんという人が、どうかしたんですか？」

「本多さんも、去年の十月、北アルプスに登っています。十月十四日に西尾さんが一泊した横尾山荘よりも二時間ほど槍ヶ岳寄りの槍沢ロッジという山小屋に泊まりましたが、その後は行方不明です」

「遭難したのでしょうか？」

「槍沢ロッジに泊まった二日後に、槍ヶ岳直下の岩小屋から、本多さんがある女性に宛てた置き手紙が、登山者に発見されました」

「置き手紙……」

「手紙は、自殺をほのめかす内容でした」

「自殺……」

彼女は顎の下で手を組み合わせた。「西尾さんと本多さんは、一緒に登山をしたのではないでしょうか？」

「同行者が、別々の山小屋に泊まることはありえないでしょう」

「途中で仲間割れしたことは考えられませんか？」

「ないことはないでしょう。しかし一人が置き手紙を残して行方不明。もう一人も行方不明になるなんてことがあるでしょうか」

「本多さんは、どういう関係の女性に置き手紙を残したんですか？」

彼女は、二人の登山者の行方不明に興味を持ったようだ。

「恋人です」

「まあ。……女性は哀しんだでしょうね」

「その女性は今年の七月、槍ヶ岳の置き手紙のあった場所まで登りました」

「登山をしていた人だったんですね？」

「登山は初めてでした。私が彼女を案内したんです」

彼女は首を傾げ、考え顔をしていたが瞳を動かし、

「辻岡美和さんの息子さんが、西尾さんと同じ日に北アルプスへ登っていた……」

とつぶやいた。

紫門は話題を変えた。西尾がどうして美和と別れたのか知っているかと彼女にきいた。

「わたしと親しくするようになったからです。彼と一緒に暮らす前は、わたしも東大阪に住んでいて、近くのスーパーでいまと同じ仕事をしていました」

「西尾さんは、美和さんがいないときに、夜逃げするように住まいを出て行ったということです」

「知っています。彼は、『あの女と別れるにはこうするより方法はなかった』といっていました。わたしとしては、きっちり話をつけて、別れてほしかったんです」

「あなたと西尾さんは、一緒になる約束をしていたんですね？」

「彼は、辻岡さんと別れたいとはいっていましたが、わたしと一緒に暮らす約束はしていませんでした。彼は奈良にアパートを借りて住みはじめてから、わたしに一緒に暮らそうと、会うたびにいいました。わたしは週に一回ぐらい定期的に会うほうが、飽きがこなくていいと思っていたんですが、彼のいうことに押し切られました。ですから、二か月ぐらいあとに彼のアパートへ入ったんです。でも気持ちのどこかで、彼と長つづきするかどうかの不安があったものですから、家具なんかの大きな物は、妹の家にあずけて、身のまわりの物だけ持って、彼のところへ行きました」

西尾はどんな人だったかと、紫門はきいた。

「人当たりがよくて、優しそうでしたが、一緒に暮らしてみると、自分勝手でわが儘《まま》な人ということが分かりました。紫門さんがいわれたように、わたしたちは籍こそ入っていませんが夫婦と同じでした。それなのに、彼はわたしに相談せずに、ひょいと出かけたり、物を買ったりしました。……わたしが子供のころ、父はよく職業を変えました。そのせいでいつもお金に困っていました。中学のとき、修学旅行の費用を学校へ持って行けなくて、母は何人もから借りてやっと工面《くめん》してくれました。ですからわたしは、お金の大切さをよく知っています。買わなくていい物にはお金を使わないことにしていますが、彼は物が欲しくなると我慢できない人でした。一緒になって半年ぐらいたつと、彼の買い物のことで、よくいい争いをしました。一年以上たつと、わたしはいつ別れようかと、それればかり考えるようになりました。……彼が花松木材を急にやめて、山へ登るといったとき、山登りは口実で、わたしと別れたくなって出て行くのだと思いました」

「十月の北アルプスは冬山と同じです。ザックにはアイゼンを入れ、ピッケルを持って出たはずです。そういう装備を見たら、山登り以外には考えられないはずですが」

「わたしは彼の偽装だと、端《はな》から見ていましたので……」

「西尾さんは、家財道具を置いたままでしょ？」

「主な物は寝具とテレビと冷蔵庫ぐらいです。洗濯機はわたしが買った物です」

「あなたの家財は、あなたが新しいお住まいへ運んだんですね？」

「アパートを借りてから、近所の人に分からないように少しずつ……」

彼女は目を伏せて答えた。

「西尾さんは奈良へ引っ越してから、辻岡美和に会っているでしょうか？」

「会っていないはずです。彼女に一言もいわずに逃げ出してきたんですから」

「西尾さんを訪ねてきた男の人はいましたか？」

「わたしがいるときには誰もきません。紫門さんのいわれる男の人とは、何歳ぐらいの人ですか？」

「四十半ばです」

「どなたのことでしょうか？」

「もしかしたら本多良則さんが、西尾さんを訪ねているんじゃないかと思ったものですから」

彼女は紫門の肚《はら》の中をさぐるような表情をしてから、俯いた。西尾と辻岡美和と、美和の息子の本多の関係を考えてみているようだった。

彼女を観察していると、西尾らしい人の遺品を確認に豊科署へ行かないような気がした。それで、いつ行くのかを尋ねた。

「休みの日でないと行けませんので」

今度の休みはいつかときくと、三日後だと答えた。

紫門は、長野県へ行ったことがないという彼女のために、東海道新幹線と中央本線を乗り継いで松本か豊科へ行くまでの経路をメモに書いて渡した。乗換え時間を見ると七時間ぐらいを要するというと、

「遠いところなんですね」

と、メモを見ていった。

遺体が西尾と確認され、遺骨を引き取る意思があるかを署員にきかれたとき、彼女はなんと答えるだろうか。彼女はとうに西尾への愛情を失い、いまはその欠片《かけら》さえも抱《いだ》いていないようなのだ。

しかし遺品を見て、かつて一緒に暮らした人が身に着けていた物と分かったら、気持ちを変え、そっと手を添えたくなるのではなかろうか。

七章　対面

1

　小室の調べで、辻岡美和には妹が一人いることが判明した。三つ違いの妹は東京・調布《ちょうふ》市に住んでいた。

　小室は所轄署に依頼して美和の妹から姉の現住所を聞き出してもらった。

紫門の勘は当たっていて、美和は大阪市城東《じょうとう》区に住んでいることが分かった。彼女はどこへ転居しても、たった一人の妹にだけは連絡していたのではないか。

紫門が美和の住所をさがし当てたのは、次の日である。そこはかなり年数を経ているらしいマンションの一室だった。

　チャイムもインターホンもついていなかった。表札も出ていない。彼は憂鬱《ゆううつ》そうな灰色のドアをノックした。不在なのか、すぐには応答がなかった。

　あらためてノックすると、「どなたでしょうか？」と、女性が小さな声できいた。

紫門はドアに口を寄せて名乗った。

「なにかのお間違いではありませんか？」

「辻岡美和さんですね？」

返答に迷っていたらしく、女性は何秒かのあいだ沈黙していたが、ロックチェーンをはずす音がして、ドアが一〇センチばかり開いた。

内部は薄暗い。女性の顔だけが白かった。

紫門は再度名乗り、名刺を渡した。

半分ほど白い髪の女性は、目を細くし、名刺を遠く離して読んだ。彼女のその顔を見た紫門は、はっとした。目鼻立ちが来宮亜綺子に似ているのだった。

彼は女性を、辻岡美和にちがいないと見たが、氏名を確かめた。

彼女はわずかに顎を引き、紫門の正体を吟味するように見つめてから、ドアを開いて中に入れた。

「東京にいる妹から電話がありまして、警察の方にわたしの住所をきかれたと教えられました。それで、近いうちにどなたかがおいでになるとは思っていました」

美和は低い声で、几帳面そうな話し方をし、紫門の用件を促す目をした。

「お話ししなくてはならないことがたくさんあります」

彼がいうと彼女は、上がってくださいといった。

六畳ぐらいの和室に、ダイニングという間取りだった。

彼女は和室の座卓の前へ座布団を敷いた。着ているセーターは粗末な物だった。壁ぎわのタンスは年代物である。タンスの上には本が十冊ばかり積んであった。

彼はふと、川島蕗子を思い出した。蕗子より美和は二歳上の六十七であるが、ずっと老《ふ》けて見えた。

彼は話を始めるきっかけに、槍沢で登山者に拾われたカメラの写真を出し、見覚えがあるかときいた。

「見たことがあります」

なぜカメラの写真を見せたかを、彼は説明する必要があった。

「去る九月二十六日、北アルプスの槍ヶ岳の近くで、男性の遺体が発見されました。身元が不明でしたので、全国の警察に呼びかけていたところ、奈良市の警察から照会がありました。奈良市のアパートに住んでいた西尾文比古さんではないかということになり、私が西尾さんのデータを集めることになったんです」

西尾の名をきいたからか、彼女の顔色が変わった。

「西尾さんは、去年の十月から行方不明でした。山で発見された遺体は、解剖の結果、約一年を経過していることが分かりました。遺体が西尾さんかどうかを確認するため、勤務先をさがし当て、経歴を遡ってみました。西尾さんは奈良市へ移る前、東大阪市に約六年間住んでいたし、勤務していた会社も分かりました。二十七、八年前に、東京から浜松市へ移り、その後名古屋市に住んでいましたが、ずっと辻岡さんと一緒でしたね？」

そんなに古いことまで調べたのかというように、美和は丸い目をした。

「お調べになったとおりです」

「去年の十月、西尾さんが山へ登るといって、奈良市のアパートを出たまま帰ってこなくなったのを、ご存じでしたか？」

「知りません。紫門さんはお調べになったから分かっていらっしゃるでしょうが、西尾は、一昨年の四月、わたしが留守のあいだに一言もいわずに出て行ってしまいました。そのあとはどこで暮らしているのかも知りませんでした。わたしはさがしもしませんでしたが」

「西尾さんはどうして、あなたに黙って出て行かれたんでしょうか？」

「わたしがお荷物になったのでしょう。三十年以上も一緒に暮らしていて、すっかり飽きたのでしょう。出て行く半年ぐらい前は、日曜の朝、ふらりと出て行き、夜遅く帰ってくるようになりました。……西尾は奈良にいたということですが、女の人と一緒だったのではありませんか？」

「現在四十歳の女性と一緒に暮らしていました」

「そうでしょうね。好きな女の人がいるようでしたから」

美和は淡々といった。顔に憤りは表わさなかった。

「槍ヶ岳の近くで見つかった男の人の遺体は、西尾だったのですか？」

「西尾さんにほぼ間違いないと思いますが、まだ断定にはいたっていません」

「去年の十月、山に登るといって出かけたということですが、そのあいだに一緒に暮らしていた女の人は、彼をさがさなかったのですか？」

「一か月ばかり待っていたが、西尾さんが帰ってこないので、その女性もアパートを出て行きました。その人の勤務先と住所がきのう分かって、私は彼女に会って話をききました」

「なんとなく西尾は、幸せな暮らしをしていたようではありませんね」

「好きになった女性と一緒ではありましたが、結果は不幸のようでした」

「身勝手なところがありましたから、女の人を怒らせることがあったのではないでしょうか？」

「そのようでした」

「山で見つかった遺体が、西尾と分かったら、どうするのですか？」

「最後まで一緒にいた女性に引き取っていただきたいと、警察はいうでしょうが、その人が承知するかどうか分かりません。西尾さんにはお身内もいないようですし」

「あの人の両親は早く亡くなり、一人っ子でしたからね」

「最後まで一緒にいた女性が、遺骨の引き取りを拒否した場合、辻岡さんがお引き取りになりますか？」

「お断りします。六十半ばのわたしを棄てて出て行った人のお骨を、どうしてわたしが……」

彼女の瞳がきらりと光った。一昨年四月の夜を思い出したのではないか。

美和は自分を棄て、一緒になった女性にも見放された西尾を、哀れとは思わないのか。

「気が利かなくてすみません」

美和はそういって立ち上がった。台所に立つとガス台に点火した。そっと目を拭ったようだった。

紫門は彼女の後ろ姿をしばらく見つめていた。健康状態に異常はなさそうである。東大阪市に住んでいたころは、勤めていたらしいといわれていたが、現在はどうしているのか。平日の昼間、住まいにいるところをみると、勤めてはいないようだ。

美和は、「遅くなりました」といって、お茶を出した。言葉遣いや物腰に気品があった。この人がなぜ、西尾のような男と三十年以上も一緒に暮らしていたのだろうか。

2

「辻岡さんには、本多良則さんという息子さんがいらっしゃいますね？」

紫門がいうと、彼女は顔を上げ、一瞬怯えるような表情をした。

「たしかに本多良則は、わたしの息子ですが、紫門さんは良則のことまでお調べになったのですか？」

彼女は、意外だといっているようだ。

「本多さんのことを知ることになったのは、思いがけない出来事からです」

紫門は、去年十月、槍ヶ岳直下の坊主岩小屋で発見された一通の置き手紙の件を話した。その手紙の宛先の来宮亜綺子に手渡したことも話した。

美和は、不思議なことをきいているような顔をしている。この表情もどこか亜綺子に似ていた。

亜綺子宛の置き手紙で本多は、自殺をほのめかしている。手紙の内容を話したが、美和は驚いたようではなかった。

「本多さんに最後にお会いになったのは、いつですか？」

「二年ぐらい前です」

「その後、電話はありましたか？」

「いいえ」

「それまでは、よくお会いになっていましたか？」

「一年か一年半に一度ぐらい、会いにきました」

「それでは、去年の十月、本多さんが北アルプスへ出かけることはご存じなかったんですね？」

「きいていません。仕事であちらこちらへ旅行していたようですから、いちいちわたしにどこへ行くとは連絡してきません。たまに地方のおみやげを持ってきてくれることはありますが……」

「来宮亜綺子さんの名を、本多さんからおききになったことがありますか？」

「いいえ。どういう方ですか？」

銀座で小さなバーをやっていた人だと紫門は話した。

美和は知らなかったといった。

紫門は、亜綺子について説明し、今年の七月、彼女を槍ヶ岳まで案内したと話した。

「そんな人がいたなんて……」

彼女は天井に視線を向けた。

彼は彼女の目の色に注意した。表情に顕著な変化は表われなかった。

自分の息子が遺書とも読める手紙を岩小屋に置いて、行方を絶ったというのに、驚きはしないのかと彼はききたかったが、その部分には深く触れないことにした。

紫門は、本多が一年前まで住んでいたところにも行っている。山に登ったきり行方不明になっていることは確実なのだ。

美和は、本多が山に登ったことも、その後どうしたかも知っているのではないか。それとも息子を引き取って一緒に暮らすことができなかったため、母親の感情がすっかり薄れ、他人の話をきいているような気持ちなのではないか。

紫門らの山岳遭難救助隊は、本多の置き手紙が見つかった時点で、槍ヶ岳付近を捜索したのだが、彼の痕跡はなにひとつ見つからなかったと話してみた。

「そうでしたか」

美和は淡々としたものである。言葉や起居動作には気品があるが、もともと感情を表に出さない性格なのだろうか。

紫門は彼女の経歴を振り返ってみた。

彼女は二十八歳のとき、本多徳次と別れた。夫の放蕩が許せなかったようだ。息子の良則を引き取りたいといったが、徳次は頑として聞き入れなかった。

独り暮らしをして働いているうち、西尾と知り合って同棲を始めた。八年後に、徳次が病没した。そのときも彼女は良則を引き取りたいといったのだが、今度は良則を育てていた川島蕗子が手放そうとしなかった。良則の気持ちを打診したが、彼はじつの母親のもとへ行くといわなかった。この段階で美和は良則とともに暮らすことを諦めたようである。しかし良則は、たびたび美和に会いに行ったようだ。

同棲している西尾は、あまり出来のいい男ではなかったらしい。西尾もそうだったろうが、美和は彼に対する愛情をしだいに失った。だが、二人には離別の機会は訪れず、三十年以上も惰性で暮らしていた。美和には新しい生活を始めようとする意思がなかったのかもしれない。

一昨年のことだ。十歳下の西尾に好きな女性が現われた。西尾は六十五歳になった美和に対して、別れたいといい出せなかったのか、夜逃げ同然で行方をくらました。彼に棄てられたのを知った彼女は、強い衝撃を受けたにちがいない。

このようなさまざまな経験から、身辺になにが起こっても心が動かなくなったのか。自分の息子が、山に登って行方不明になっているのを知って、驚きを表わさない彼女に、紫門のほうが首を傾げたくなった。

彼の頭に来宮亜綺子の言葉が浮かんだ。本多の手紙を読み返すうち、書いてある内容だけでは自殺する理由にはならないことに気づいたと彼女はいったものだ。そして、約一年前までやっていた酒場を再開したい。店をやっていれば、本多がふらりと入ってきて、以前のようにカウンターにとまりそうな気がするとも。

「本多さんは、三年前に奥さんを亡くしていますね」

紫門は美和の顔に注目していった。

「病気だったということです」

「奥さんのお墓はご存じですか？」

「本多家のお墓に納めたときいています」

その墓は文京区にあると美和はいって、寺の名を教えた。

紫門は美和に電話番号をきいて、帰ることにした。


外へ出ると小室主任に電話し、美和のようすを話した。

「本多の行方不明をきいて驚かないという点が気になるな」

小室は首を傾げたようだった。

「一年前に西尾が行方不明になっていることと、彼と思われる遺体が発見されたと話したときだけ、涙を浮かべましたが、本多に関することをきいている彼女は、能面のように表情を動かしませんでした」

「本多が山に登って行方不明になっていることも、その後どうしたのかも、彼女は知っているんじゃないかな。……美和の行動を何日か監視してみたらどうか。君が訪問したから、そう何日もしないうちに、彼女は動きを見せるような気がするんだ。彼女が本多のことを知っているとしてだが……。単独では不自由だろうが、頑張れ。ここで投げ出したら、署にはもどれないと思え」

小室は、署でなにかやれることはないかときいた。

紫門は、東京・文京区の寺の名をいった。本多家の墓のある寺である。本多が生きているとしたら、父親や妻の命日、あるいは盆や彼岸《ひがん》に墓参《ぼさん》をしているような気がする。それを寺で聞き込むか、本多家の墓を見てもらいたいといった。

「それだけなら、その寺の所轄署に頼むことが可能だ」

所轄署では受持ち交番の警官にやらせるだろうと、小室はいった。

紫門は、美和の住んでいるマンションを張り込むことのできる場所をさがした。マンションの出入り口の見えるところに、喫茶店やレストランはない。屋外の同じ場所に何時間も、いや何日も立っていたら近所の人は怪しむだろう。

この付近は、道路沿いに住宅と商店が入りまじっている。彼はその道路を何度か往復した。マンションの出入り口の見える位置といったら、八百屋、そば屋、理髪店、薬局、アパート、花屋である。

刑事が張り込みする場合は、何台かの車に捜査員が分乗し、ときどき車を移動させ、ときには車両を替えたりする。相手に気づかれないためだ。だが紫門は独りである。

レンタカーを借りて張り込むかを考えながら、最寄り駅までどのぐらいかかるかを計った。彼の足で七分ぐらいだった。美和が歩いても十分とはかかるまい。すると彼女が他の町へ出かけるとしたら、電車を利用しそうだ。レンタカーの場合、彼女が駅へ向かったら車を放置しなくてはならない。商店や民家の前へ、無人の車を何時間もとめてはおけない。

彼は駅前からマンションの近くまで引き返した。

よく見ると、理髪店と花屋の二階がアパートだと分かった。

それの家主が分かった。薬局のすぐ裏の家だった。

彼は家主を訪ねた。名刺を出し、薬局の正面にある古いマンションを出入りする人を張り込みたいのだと話した。

彼の名刺には長野県警豊科警察署と、所属が刷り込んである。聞き込みにもこれが効いているのだ。それと、山岳遭難救助隊員という肩書を、たいていの人は珍しがるし、興味を持つ。

「どういう人を張り込むんですか？」

家主はきいた。

「マンションを訪ねるだろうと思われる特定な人を、何日か見ていたいんです」

彼は曖昧な説明をした。

「なにかの事件に関係のある人ですか？」

「山岳遭難事件に関係のある人です」

もしもアパートに空き部屋があったら、何日間か貸してもらいたいのだがどうかときいた。

「空き部屋は二つあります。薬局と花屋のあいだにあるアパートも、うちのものです。空き部屋はそのアパートの二階と理髪店の二階に一部屋ずつあります」

両方を見て、張り込みに使えそうな部屋を選んでみてはどうかと、家主は鷹揚《おうよう》にいった。

助かった。彼は胸を撫でた。ここまで調査をつづけてきたのに、関係者を張り込む場所が見つからないので中断したでは、署に帰って頭が上がらない。彼の狙いがはずれていなければ、調査は大詰めに近づいているのだ。

家主に空室を見せてもらった結果、理髪店の二階の西端の部屋がよさそうだった。古くて黴臭《かぎくさ》かったが、辻岡美和が住んでいるマンションの出入り口を、やや斜めの角度から見下ろす位置が窓だった。

「夜はどうなさいますか？」

家主が吊り下がっている電灯を見ながらきいた。

紫門は一瞬迷ったが、この部屋に泊まりたいと答えた。

家主が寝具を貸せる店に頼んでくれることになった。

部屋の窓には古くなって変色したカーテンが掛けてあった。紫門はカーテンと窓を一〇センチばかり開けて、窓ぎわにあぐらをかいた。

二十分もすると、宅配便のトラックがマンションの玄関前にとまった。緑色のユニホームの配達員が、荷物を二つ抱えて入って行った。

その車が立ち去ると、自転車で郵便配達がやってきた。一階のメールボックスへ郵便物を差し込んでいる配達員の足元だけが見えた。

配達員が去ると、紫門は階段を下りた。木の階段はギシギシと鳴った。マンションのメールボックスを見に行った。

辻岡美和の郵便受けにはなにも入っていなかった。

アパートの部屋にもどると、小室主任から電話が入った。

「磯脇尚子さんが、遺品の確認にきている」

「えっ、彼女が……。きのう会ったときは、三日後の休みの日でないと行けないといっていましたが」

「君の説得のしかたがよかったんだ。それとも彼女はゆうべ考え、一日も早く西尾の物かどうかを見るべきだということに気がついたんじゃないのか」

「彼女に遺品を見てもらいましたか?」

「これからだ。たったいま着いたところなんだ。……君のほうはどんな具合だ?」

紫門は、辻岡美和が住んでいるマンションを張り込める部屋を借りることができたと話した。

成功を祈る、と小室はいって電話を切った。

張り込みを開始して三時間たったが、美和は外出しなかった。彼がほんの数分、目を離したすきに出て行ったのだろうかと、不安になった。

食事は、すぐ近くのそば屋から出前を取った。

小室から電話が入った。

「磯脇尚子さんは、男の遺品を念入りに見て、西尾文比古の物に間違いないといったよ」

「覚えている物があったんですね」

「ダウンジャケットと、縞のシャツと、茶色のコール天ズボンを覚えているといったし、シャツのボタンが取れそうになっていたので、自分がつけた。糸の色がほかと違うのは、同じ色の糸がなかったからだといった。そのようすを、じっくり観察したが、彼女のいうことは信用できる。それから……」

偶然だったが、一時間ほど前に大学の法医学教室から連絡があり、槍ヶ岳南東で発見された男性の遺体と、紫門が採取して送ってよこした毛髪の中に、ＤＮＡが一致するのがあった。この鑑定により、遺体は西尾文比古に相違ないと断定したという。

「それを、磯脇さんに伝えましたか?」

「もちろん話した」

「彼女のようすは、どうでしたか?」

「涙を拭いていた。『わたしがきついことをいって責めなかったら、山へは出かけなかったんじゃないか』と、後悔するようなことをいっていた」

「西尾の遺骨はどうなりますか?」

「磯脇さんが引き取るといった。……彼女と西尾は、最後はいい争いの末、別れたようなものだが、いったんは好きになって一緒に暮らしていた人だからといっている。西尾にしてみれば、三十年以上夫婦同様の暮らしをしてきた辻岡美和さんを棄てて、磯脇さんを選んだんだ。彼女と西尾は、二人で暮らして幸せだと感じ合ったときがあったはずだ。彼女はそれを思い出し、遺骨は自分が引き取るべきだと思ったんだろうな」

磯脇尚子は、まだ署にいるという。遺骨引き取りには手続きが要る。それらを係官と話し合っているようだ。

小室の説明によると、刑事課でも尚子から事情をきいた。西尾がザックを背負って奈良市のアパートを出て行くときのようすなどをだ。

西尾がカメラをザックに入れたのを、彼女は見ていた。彼のカメラの機種も記憶していた。槍沢で登山者に拾われたカメラの実物を彼女に見せた。彼女はそれを手に取って見ていたが、西尾の物に間違いないと答えた。彼女は西尾が黒い文字盤の腕時計をはめていたといったが、遺体はそれを身に着けていなかった。カメラを持って出た者のザックに、フィルムが一つも入っていなかったことなどを総合して、西尾は山中で何者かに襲われ、頭を殴られて殺害されたのではないかという見方に、刑事課は傾いているようだという。

小室も刑事課へ呼ばれた。彼は紫門の報告をある程度、刑事に話した。が、目下紫門が、辻岡美和という女性の行動を、大阪市内で監視していることまでは話していないという。

刑事課が、美和の動きは重要だと考えれば、紫門一人に任せておかず、刑事が何人も大阪へやってくる。そうなったら、彼が独自で調査を完成させたいという狙いは、水の泡となって消えることになる。

3

夕方、寝具が届けられた。

美和の住むマンションの玄関に灯りがついた。

女性の足が見えた。全身が現われ、美和であることを確認した。

紫門は階段を駆け下りた。白っぽい袋を提げた美和のあとを尾《つ》けた。

彼女はマンションから一〇〇メートルほどのところにあるスーパーマーケットに入った。

マーケットは混雑していた。彼女が野菜売場に立ったところで、彼は外へ出て待つことにした。

彼女は二十分ぐらいで出てきた。マンションの斜め前の薬局に入り、なにかを買った。そのあと帰宅した。きょうは遠出しないようである。

夜が訪れた。男や女や、子供の手を引いた女性がマンションへ吸い込まれていく。その人たちの中に本多良則がまじっていそうな気がした。

夕飯も出前を取って食べ、午後九時まで灰色の出入り口を見張ったが、美和は外出しなかった。彼女の部屋を訪問した人がいたかもしれないが、それの確認は不可能だった。

紫門は、夕方買い物に出た美和のようすを思い返してみた。スーパーマーケットや薬局に入った彼女の姿は、一般家庭の主婦と変わりなかった。彼女は現在無職のようである。が、生活が逼迫《ひっぱく》しているようには見えなかった。彼女には蓄《たくわ》えがあるのだろうか。勧めるにしても六十七歳の女性が働く場所はかぎられていそうだ。独りでゆったりと暮らしていける収入があるとみるほうが妥当という気がする。

もし、あすの朝、彼女が勤め人のように出て行かなかったら、働いていないとみていいだろう。

小室から、「まだ張っているのか?」と電話できかれた。午後九時で打ち切ったと答えた。

「夕方、警視庁の所轄署から依頼した件の回答があった」

文京区の寺と、本多家の墓を見てもらいたいと頼んだのだった。

寺できいたところ、最近、本多家の人が挨拶にきたことはないが、本多家の墓石の花立てには枯れた花が入っていた。ここ一か月ぐらいのあいだに、墓参りした人がいたようだという。

本多良則の妻・竹子の命日は九月半ばで、父親・徳次が死亡したのは九月下旬だった。ひょっとしたら、墓参りをした人は良則ではないか。徳次の妻だった美和が墓参りしたとは思えない。

本多家の墓に参りそうな人がもう一人いた。川島蕗子だ。彼女は一時、徳次の妻同様の暮らしをしていた。

紫門は、家具も電気製品もない部屋に布団を敷いたが、思いついて三也子に電話した。

辻岡美和が来宮亜綺子に似ていると話した。本多が亜綺子に惹かれたのは、母親に似ているからではないかと、三也子はいった。

「去年の十月、本多さんが槍ヶ岳に、遺書めいた手紙を置いて、行方不明になったというあなたの話を、冷静にきいていたという美和さんは気になるわね。美和さんは、本多さんのやったことのすべてを知っているんじゃないのかしら？」

「置き手紙のことも、本多良則に来宮亜綺子さんという恋人がいたことも、知らなかったといっていたが、それがほんとうかどうかは、五分五分だ。ぼくには知っていてとぼけているのか、知らないのかの判断はつかなかった。ぼくが美和さんの行動を監視することを思いついたのは、彼女の現在の生活なんだ。たとえば生活扶助を受けるとしたら、現住所に住民登録をしておく必要があるし、居住証明が要る場合に支障が生じると思う。そういうことを知らないはずはないのに、住民登録を怠っているというのも不自然なんだ」

「彼女には住民登録なんか、どちらでもいいのかしら？」

「ぼくはこう推測した。美和さんは現住所に住民登録したかったが、異動届を出すと、西尾がそれを見て住所に訪ねてくる。それを恐れたんじゃないかとね」

「美和さんは西尾さんに棄てられた。その段階で、彼とは二度と会わないと、心に決めたというのね」

「文京区の本多家の墓については、どう思う?」

「誰かがお墓参りにきているというのね?」

「この一か月ぐらいのあいだにね」

「川島蕗子さんは、お墓参りをしそうな人なの?」

「なんともいえない。あしたにでも彼女に電話できいてみるつもりだ」

紫門は、磯脇尚子が西尾の遺骨を引き取ることにしたのを話した。

「わたしには、とてもいい話に思えるわ。西尾さんが山に登るといって出て行ったのを、もう帰ってこないものと諦めていた。しばらくしてもやはり帰ってこなかったので、自分もアパートを出て行った。なんとなく薄情な変わり者という印象を受けたけど、遺骨を引き取るのを知って、ほっとしたわ。二人のあいだは冷え切っていたようだけど、愛し合った日々があったことを、思い返したのね。磯脇さんは西尾さんに棄てられたわけではないし、彼のことが哀れになったのね、きっと」

三也子は、頑張ってね、と紫門を励ました。

家具の一つもない殺風景な部屋は、寒ざむとしていた。枕に頭をつけると、道路を歩く人の足音が高くきこえた。

次の朝、紫門は窓から道路をへだてたマンションの玄関を見下ろしながら、川島蕗子に電話した。

彼女はすぐに受話器を取った。わりに若い声である。

最近、本多家の墓に参ったことがあるかときいた。

「いいえ。あの家を出てからは行っていません。どうしてでしょうか？」

「この一か月ぐらいのあいだに、花を持ってお参りした人がいるようです」

「どなたでしょうか。……身内の少ない家でしたが」

彼女は、本多良則は槍ヶ岳直下の坊主岩小屋に自殺をほのめかす手紙を置いて、行方不明になったのだから、生きているはずはないと思い込んでいるようだ。

川島蕗子との電話を切って一時間もすると、小室が電話をよこした。午前十時を過ぎていた。朝の人通りは少なくなった。車が屋根や荷台を見せて通過している。

「磯脇尚子さんは、結局一泊することになった」

「西尾さんの遺骨引取り手続きに、時間がかかったんですね？」

「それもだが、刑事課の事情聴取が手間取ったんだ。西尾は殺されたんじゃないかとにらんでいる。だから彼女に、一緒に暮らした期間のことを詳しくきいたんだ」

尚子はいま少し前に、西尾の遺骨を抱いて帰ったのだが、その前に小室の席へ寄って、

「いろいろとご面倒をおかけしました」と、丁重に挨拶したという。

西尾が山へ出かけて、一週間たっても、二週間過ぎても、なんの連絡もなかったの

に、彼女は警察に相談もしなかった。いまになってそのことを後悔しているらしかったと、小室はいった。

　そのときである。マンションの玄関に女性の足元が見え、全身が現われた。美和だった。

　紫門は、美和が出てきたことを小室に告げ、電話を切った。

　彼女の服装は、きのうの夕方と明らかに違っていた。白っぽい袋でなくて、黒いバッグを提げていた。玄関を出た彼女は、人目を気にするように左右を向いてから歩きはじめた。

　紫門は階段を駆け下りた。美和は駅のほうへ向かっている。裾のやや長いグレーのジャケットに同じ色のパンツ姿だ。

　十分ほどで電車の駅に着いた。彼女が自動券売機でいくらのキップを買ったのか分からなかった。

　彼は多めにキップを買って、彼女を尾けた。曇り空で、風はやや冷たかったが、彼は額に汗をかいた。

　彼女が乗った電車はすいていた。彼女は腰掛けた。彼は隣りの車両からガラス越しに美和を監視した。五分もすると、彼女は目を瞑ったようだった。

　彼女が電車を降りたのは大阪だった。人混みを縫うようにして駅を出た彼女は、広い道路を渡ったところにあるデパートの裏側へ回り、白いビルの地下への階段を下りた。この場所に馴れている歩きかたではなかった。階段の入口には、いくつかの飲食店の看板が出ていた。

彼女の入った店が分かった。喫茶店だった。誰かに会うにちがいない、と紫門は推測した。

その店はわりに広そうだった。彼は十五分ほどたってから、店内へ入った。半分以上の席が埋まっていた。美和の目に触れないために、彼は入口近くの席に腰を下ろした。彼女がどこにいるのかは分からなかった。

コーヒーを頼んでから、そっと店内を見回した。茶色の壁ぎわの席に彼女はすわっていた。彼女の前には口の周りに髭《ひげ》を生やして、メガネを掛けた男がいる。紫門の席は観葉植物の陰になっていて、男の横顔はよく見えない。彼はスポーツ新聞を借りた。それを広げると、美和と、彼女の正面にいる男をじっくり観察した。

4

辻岡美和と向かい合って話している男の年格好は四十半ばか、五十に近そうだ。髪は長めである。ラクダ色のジャケットを着ている。

男は美和になにかを手渡した。白い封筒のようだった。彼女は軽く頭を下げて受け取るとそれをバッグにしまった。

二人はコーヒーを飲んでいたが、スパゲッティを頼んであったらしく、食べはじめた。

紫門も同じ物を注文した。

美和と男は、食事を終えてからも小《こ》一時間話していた。男が伝票を掴んで先に席を立った。彼女はバッグを胸に押しつけるようにして立ち上がった。

二人はレジに向かった。紫門は男の顔を真正面から見ることができた。その瞬間、目のあたりが美和に似ていると感じた。二人は顔の雰囲気が似ているのだった。「本多良則だ」と、紫門は胸の中で叫んだ。美和には良則以外に子供はいない。ついに出会えた、と紫門は拳を固く握った。狙いがはずれていなかったのを実感した。知らぬうちに額に汗がにじんでいた。

彼は、大阪駅のほうへ向かう二人を尾行した。男は、あとをついてくる美和を何度も振り返った。彼女をいたわっているように見えた。

美和と男は、大阪駅で別れた。頭を下げ合ったり、手を握ったりはしなかった。

紫門は男を尾けることにした。男の身長は一七〇センチぐらいだろうか。人混みの中に埋没してしまいそうで、紫門は男の背中に接近した。

男は新大阪から東京行きの新幹線に乗った。自由席の前のほうの窓ぎわの座席にすわった男を、紫門は三つ後ろの席から監視した。男は小型のバッグを脇に抱えているだけだった。旅装をしていないところを見ると、遠方からやってきたようではない。

車内販売のワゴンが通ったが、男はそれに気づかぬように窓を向いている。車窓を流れ去る風景を見ているのか、なにかを考えているのか、頭は少しも動かなかった。

紫門には男に声をかけたい衝動が起こったが、それを抑え、住所をつきとめることにした。住所さえ確かめておけば、そのあとの行動を監視することも可能である。

約一時間で、列車が名古屋に近づいたというアナウンスがあった。

列車がスピードを緩めると、男は席を立った。降りるらしい。

紫門は腰を浮かせた。アナウンスは一分停車だと繰り返した。

男は降車した。茶色の小型バッグを脇にはさんで、ゆっくりと階段を下りた。中央本線に乗り換え、春日井《かすがい》で電車を降りた。

紫門は男と二〇メートルぐらいの間隔をおいた。男の歩きかたはゆっくりである。六、七分歩くと男はスーパーマーケットに入った。なにを買うかを見ることにした。

男は緑色の籠を提げると、それにジャガ薯《いも》と人参《にんじん》とネギを入れた。鮮魚売場を素通りして、パックに入った肉を籠に落とした。さらに酒の売場で、ウイスキーを入れて、レジのテーブルにのせた。

紫門は直感的に、男は独居だろうと推測した。

スーパーマーケットの紙袋を提げた男は、さっきと同じ足取りで歩きはじめた。彼はそれが癖なのか、首を左右に振る。行《い》き交《か》う人の顔をちらちらと見る格好である。

薄茶色の壁のアパートに着いた。わりに新しい建物だ。一階の左端のドアに、男は鍵を差し込もうとした。

紫門は、早足で近づいた。その気配を感じ取ってか、男は振り向いた。目が吊り上がっているように見えた。

紫門は頭を下げた。それにつられるように男も軽く頭を下げた。が、視線は紫門を刺して動かない。

「本多良則さんですね？」

紫門が問いかけると、男は凍《こお》ったように表情を強張《こわば》らせた。からだが震えはじめたように見えた。

紫門はもう一度、氏名をきいた。

「あなたは？」

男の声は低かった。唇は明らかに震えている。

「私は長野県の……」

紫門はそこまでいって、名刺を渡した。

男は紙袋をコンクリートの床に置くと、名刺を見つめた。

「山岳救助隊の方が……」

男は警戒する目を紫門に向けた。

「本多良則さんですね？」

紫門はもう一度きいた。

「私の名を、あなたはなぜ知っているんですか？」

男のこの問いかけは、氏名を認めたも同然だった。

「あなたをさがしていたんです、私は」

「なぜですか？」

本多は、やや上目遣いをして紫門の顔を見上げた。

「本多さんに、話さなくてはならないことが、山ほどあります」

「私をさがしていたといいましたね。その理由をいってください」

「本多さんは、去年の十月、槍ヶ岳から行方不明になりました。そういう人をさがしたり、救助するのが、私たちの仕事です。あなたの安否を心配しているのは、私たちだけではありません。来宮亜綺子さんは、あなたの足跡の消えた槍ヶ岳へ登りました」

本多の表情が崩れた。彼はあらためてドアに鍵を差し込んだ。

「せまいところですが、お上がりください」

本多は紙袋を提げると、ドアを開けた。窓に厚いカーテンが掛けてあるからか、室内はまっ暗だった。

本多は電灯をつけた。彼の脱いだ靴は古くて汚れていた。近づいて見ると、着ているジャケットも色あせている。

灰色のカーペットの敷いてある六畳ぐらいの洋間に台所という間取りだった。きのう訪ねた美和の住居よりもせまい。台所には小型の冷蔵庫があり、洋間にはこれも小型のテレビと、電話があり、小さな座卓が置いてあるだけの殺風景な部屋である。壁には黒いジャケットと洗いざらしのシャツが、ハンガーに吊ってあった。仮住まいといった印象がある。

本多は窓のカーテンを開けなかった。

「なにも出す物がありませんが、勘弁してください」

本多はいってメガネのずれを直し、紫門の前にあぐらをかいて、小振りの座卓を引き寄せた。その上には陶器の円形の灰皿がのっていた。

「あなたのお母さんの、辻岡美和さんから、私が訪ねたことをおききになったと思います」

紫門は、髭を伸ばした本多の顔をにらんで話しはじめた。

本多はジャケットからタバコを取り出してくわえた。

「母と私が、大阪で会ったのを知っているんですね。そのあと、私をここまで尾けてきたんですね?」

本多はやや卑屈な目つきをした。

「そのとおりです。あなたの住まいをさがすにはそれしか方法がありませんでしたから」

「来宮亜綺子が、槍ヶ岳へ登ったというのは、ほんとうですか?」

「来宮さんが、槍ヶ岳へ登るまでのことをお話ししましょう。本多さんは、去年の十月以降の彼女をご存じないはずですから」

「知りません」

本多は、亜綺子の消息を知りたいというふうに、膝を動かした。

「去年の十月十六日、槍ヶ岳直下の坊主岩小屋で、一通の置き手紙が登山者によって拾われ、豊科署に届けられました。それを書いた人は『Y・H』で、宛先は来宮亜綺子さんでした。署で手紙の内容を検討し、自殺も考えられることから、私たち救助隊員は槍ヶ岳周辺を捜索しました。いま思うと、じつに無駄なことでした」

本多は目を伏せた。右手はライターをもてあそんでいる。

「マスコミに協力を求めて、置き手紙の内容を新聞に発表してもらいました。それが来宮さんの目にとまり、『わたし宛の手紙ではないか』といって署においでになりました。彼女の話から『Y・H』は本多良則さんということが分かりました。彼女は置き手紙を不可解な気持ちで読んだようでした」

今年になって、署の救助隊に亜綺子から連絡があって、登山経験はないが坊主岩小屋まで登れないものだろうかといわれた。雪のない時季なら登れないことはないと、返事をした。

何度か連絡を取り合い、七月初旬、紫門が案内役になって、亜綺子の槍ヶ岳登山を実現させることになった。

「出発したのは七月四日でした。彼女をサポートするのは私と、かつて救助隊員だった片桐君という女性でした。……初日は上高地の白樺荘に泊まり、槍沢ロッジを経て、岩小屋に着きました。彼女はせまい岩小屋に入り、置き手紙のあった地面を撫でていました。そのあと、殺生ヒュッテ、徳沢園を経て下りました。……その間、ホテルや山小屋で、毎晩、来宮さんは、ご自分の生い立ちと経歴、そしてあなたとの日々を、私たちに詳しくお話しになりました。とても正直で、純粋な人柄に私たちは感動しました。あなたに対する深い愛情を知ることにもなりました。彼女の話を伺っているうち、あなたの手紙の内容に、私たちは疑問を抱《いだ》くようになりました。あなたは手紙で、自殺をほのめかしていましたが、その根拠が薄いことに気づいたからです」

俯いている本多の肩が、せまくなったように見えた。

「来宮さんは、去年十一月、銀座のバーを閉めました。あなたと知り合ってからの彼女は、毎晩、店であなたが現われるのを待つようになっていたということです。ところがあなたは、彼女に宛てた一通の手紙を残して、消息を絶った。胸をときめかして待つ人のいなくなった彼女は、店をやっていく意思を失くしました。それで店を閉めたんです」

本多は首を小さく振った。「知らなかった」といっているようにも見えた。

「来宮さんは、あなたの置き手紙の内容に疑問を持っていました。あなたは彼女に対して恨みごとを書いていますが、あなたと彼女は離別を話し合ったわけではありません。したがって、あなたの苦悩は即自殺には結びつかないことに気づいたんです。……私たちもそうですが、彼女も、あなたはどこかで生きていると考えるようになったんです。そこで来宮さんは、いったん閉めたバーを再開することにしたそうです。店をやっていれば、あなたがひょっこり現われるのではないかと、彼女はそれほどあなたを待っているんです」

本多は、ズボンのポケットから皺くちゃになったハンカチを出すと、額を拭き、鼻を押さえた。

5

来宮亜綺子に会う気はないか、と紫門は本多にきいた。

本多は顔を上げず、数秒の間黙っていたが、首を弱々しく横に振り、

「会うわけにはいきません」

と、細い声でいった。

「彼女は、あなたが手紙に書いているような人ではありません。あなたが姿を消してから彼女は、人が変わったように、それまでにない経験をしました。……まず店を閉じました。山登りなど考えたこともなかったのに、あなたの痕跡を求めて槍ヶ岳に登った。あなたの手紙を何度も読み返し、あなたは生きていると信じ、店を再開することにした。……彼女はきょうも、あなたを待っています。そういう人に、なぜ会うわけにはいかないのですか？」

本多は答えなかった。ただ首を左右に振った。

「来宮さんはあなたに、自分の生い立ちを話しましたか？」

「すべてかどうかは分かりませんが、ある程度は……」

「彼女はあなたの生い立ちをきいていないといっています。彼女に話さなかったのは、

なぜですか？」

「彼女から先に、子供のころのことをきかされてしまったからです。ある部分が私と似ていました。それで話しづらくなりました」

「あなたは、ご両親を早く亡くされたと彼女にいったそうですね？」

「そうしておきたかったからです」

「お父さんはお亡くなりになったが、お母さんは健在といってもよかったではありませんか」

「私は、彼女とはべつの人生を歩んできた人間にしておきたかったんです」

「なぜですか。私には理解できません」

「なんの縁もない紫門さんに、分かっていただかなくても……。私には私の生きかたがありますので」

本多はタバコに火をつけると、横を向いて煙を吐いた。唇が白っぽく見えた。心の寂しさが痩《や》せた頬に表われていた。

「来宮さんは、あなたがまた、銀座の路地にあるバーへきてくれるのを待つために、店を再開する。きょうあたりは、その準備をしているような気がします。……私は、あなたをべつの理由でさがす気になりました。なぜだかお分かりになりますか？」

「そんなこと、私には」

本多はさっきとはべつの首の振りかたをした。紫門を拒否しているようにも見えた。

「あなたにはいくつも伺いたいことがありますが、初めにききたいのは、槍ヶ岳登山を、なぜ去年の十月にしたんですか？」

「それは私の都合からです」

「誰かの山行に歩調を合わせるために、十月半ばにしたのではありませんか？」

「誰かの都合……。私は単独で登ったんです。誰かの都合なんかきく必要はありません。あえて都合といえば、雑誌にものを書くための取材でした」

そういった本多の肩は、ますますせまくなったように見えた。

「西尾文比古さんをご存じですね？」

「は？」

本多は眉に変化を見せてきき返した。

「西尾さんを知らないはずはありませんね」

「母と一緒になっていた人のことですか？」

本多は嗄《か》れた声を出した。

「あなたのお母さんと、三十年以上も一緒にいた人のことですから、よくご存じと思います」

「よくは知りません。母と一緒になっていた人ということぐらいしか……」

「西尾さんは、去年の十月半ば、たぶんあなたが槍ヶ岳山行に出発したのと同じ日に、やはり槍ヶ岳山行に出発しました。ご存じですね？」

「知りません、そんなこと。彼が山をやることだって、知りません」

「お母さんからきいていなかったんですか？」

「いいえ」

「私は、あなたが、西尾さんと話し合って、北アルプスへ同行したのかと思っていました」

「私は単独です」

本多の口調が急に変わった。嫌悪感が目のあたりに表われた。

「去る九月二十六日に、槍ヶ岳の南東に当たる雪渓から、男性の遺体が発見されましたが、新聞でご覧になりましたか？」

「知りません。新聞を取っていませんので」

「遺体で見つかった男性の頭は割れていました。死後約一年を経過していることも、警察の検べで分かりました。遭難遺体にしては不審な点がいくつもありました」

本多は黙ってきいている。

「その一つは、身元の分かる物をなにも身につけていないし、ザックにも入っていない点でした。……この二年間に、長野県警には、山に登ったまま行方が分からない人が二人います。いずれも男性で、一人は二十九歳、一人は三十三歳でした。身元不明の男性遺体の推定年齢は、五十代です。この人については捜索願が出ていませんでした」

本多は、紫門の話をきいていないように、深緑色のカーテンのほうへ首を回した。

「山に登る人はたいてい、カメラを持っていることは本多さんもご存じでしょうが、ザックには、カメラもフィルムも入っていませんでした」

本多は小さな咳をした。

「豊科署では、この身元不明の遺体について全国に照会しました。すると奈良の警察から、去年の十月、住まいのアパートを出て行ったきり、帰ってこない入居者がいるという回答がありました。アパートから行方不明になった人は、西尾文比古という当時五十六歳の男性でした。私は西尾さんの身辺調査を命じられました。西尾さんは現在四十歳の女性と一緒に暮らしていたのですが、その女性も、彼が行方不明になってから一か月あまりのちに、アパートを無断で退去していました。そのため、彼がアパートを出て行ったときのようすをきくことができない。それで、勤務していた会社をさがし当て、彼の経歴を遡ることにしました」

本多はまた小さな咳をしたが、それはしぜんに出たものでなく、つくった咳のようだった。もう帰ってくれといっているようにきこえた。

「西尾さんは、奈良市の木材会社に勤めていましたが、その前は東大阪市に住んでいたことが分かりました。一昨年の四月、西尾さんは夜逃げをするようにそこを出て行きました。彼はそこで女性と住んでいましたが、その人もしばらくして引っ越しました。西尾さんと一緒に住んでいた女性は、辻岡美和さんでした。あなたのお母さんです。……槍ヶ岳の近くで発見された遺体が西尾さんではないかと思われる点はありましたが、決定的な証拠がないものですから、私は彼の経歴をなお遡ることにしました。東大阪市へくる前の彼は、名古屋にいて、その前は浜松市でした。その間、ずっと辻岡美和さんと一緒でした。そのことは本多さんがよくご存じですね」

本多は返事をしなかった。眉間に皺を立て、歯にものがはさまっているように、ときどき口を動かした。

「去る十月二日、槍沢で登山者がカメラを拾って届けました。一眼レフのキャンタックスです。この間に私は、西尾さんがカメラ好きで、キャンタックスを持っていたことを聞き込んでいました。……これがそのカメラです」

紫門は、カメラを撮った写真を本多の前へ置いた。

本多は、その写真にちらりと視線を当てた。興味がないというように、窓のほうへ顔を向けたが、向き直ると、

「紫門さんは、私の居どころをさがしていたということでしたが、いまのお話をきい

ていると、私には関係のないことばかりのようです。私がきいてもしかたのないお話ばかりです。私が現われるのを待っているという亜綺子と再会するかどうかは、これから考えます。きく用意のないお話を伺うのは、おたがいに時間の無駄です」

と、引き取ってくれないかという表情を露わにした。

「あなたにとっても、私にとっても重要な話なんです。それに触れるために、順序だてて話しているんです。よくきいてください」

紫門は本多の顔に目を据えた。

本多は視線を逃がした。

「調査を進めるうち、私は西尾さんと奈良市のアパートで一緒に暮らしていた女性の勤務先を知る機会を得ました。その女性は磯脇さんという人でした。彼女に、その写真を見てもらったところ、西尾さんが同じカメラを持っていたことが分かりました。つまり西尾さんは、ザックに愛用のキャンタックスを入れて槍ヶ岳へ出発したんです。西尾さんが愛用していたのと同機種のカメラが槍ヶ岳の近くで拾われたからといって、彼の物と決まったわけではありません。しかし、カメラを持って行った人のザックにそれが入っていなかったし、フィルムが一本も入っていませんでした。これは不自然なことです」

紫門は、本多の呼吸を窺うように彼を観察した。話をやめると、二人の間にただよう空気は重苦しくなった。本多はすくっと立った。キッチンへ立って水を飲んだ。彼は居場所を失ったように、紫門の前へもどってあぐらをかいた。

「磯脇さんは、豊科署へ行きました。身元不明の遺体が西尾さんかどうかを確かめるためでした。彼女が豊科署へ着いた日、偶然にも遺体が西尾さんだということが、科学的に証明されました。……そして磯脇さんは、西尾さんがザックを背負って出て行ったときの服装を記憶していて、遺品を見て、彼の物に間違いないことを確認しました。西尾さんが山へ出かけ、何日たっても帰ってこないのに、そのことを警察に相談せず、それまで住んでいたところを無断で出て行ってしまった女性を、私は薄情な人間と見ましたが、磯脇さんは、かつては西尾さんが好きで一緒に暮らしたことを思い返してか、彼の遺骨を抱いて、現在住んでいるところへ帰りました。もし遺骨の引き取りを拒《こば》んだとしたら、一生悔《く》いが残ると考えたのではないでしょうか」

本多はジャケットのポケットに手を入れた。なにかをさがすような手つきをしたが、体裁《ていさい》をつくろっただけのようだった。

紫門は口調をあらためた。

「去年の十月十四日、あなたは槍沢ロッジに、西尾さんは横尾山荘に泊まっていますが、それは偶然ではありませんね？」

「偶然でしょう。なぜそんなききかたをなさるんですか。私は西尾が、山をやるなんてまったく知らなかった」

「私もですが、豊科署は、西尾さんは遭難でなく殺されたものという見方をするようになりました。その根拠は、その写真にあるカメラです。カメラを持って行った人のザックにも着衣にも、フィルムが一本も入っていなかったし、単独行でありながら、身元の分かる物を一つも携行していませんでした。西尾さんの頭は割れていた。殴られて殺害されたと見れば、すべてのことが理解できます。殺害したあと加害者が、身元の分かる物やフィルムを奪い去った。カメラもです。カメラがあるのにフィルムがないと不審を抱かせる。だからカメラも奪い、装塡されていたフィルムを抜き取って、捨てたんです。積雪の中へ捨てたので、カメラには少しも傷がつかなかった。……本多さん、あなたは、子供のころから西尾さんを憎んでいましたね？」

「勝手な想像をしないでいただきたい。母の美和は、七歳の私を置いて本多の家から出て行った人です。そういう人と一緒に暮らしていた西尾を、私は無視してきました。だから西尾がどんな男だろうと、なにをしようと、私にはなんの関心もなかった。あなたの想像を、ながながときかせるためにわざわざここまでおいでになったのでしたら、私はきく耳を持っていません。いいかげんにしてもらいたいとさっきから我慢していたんです」

「あなたは温厚な人柄に見えますが、人の気持ちを理解していない人だ。若い私にいわれたくはないでしょうが、ここは黙ってきいてください。……来宮さんは、子供のころ悲惨ともいえる暮らし向きを経験してきました。あなたも彼女と似た少年時代を送ったではありませんか。それなのに、あなたはご自分の生い立ちを人に語らなかった。ご両親が早く亡くなったと来宮さんに話したのが、その一例です。お母さんが健在だというと、現在どこでどうなさっているかを話さなくてはならない。ですからお母さんも亡くなったことにしたんでしょ。……来宮さんは、子供のころの辛い思い出などをあなたに語った。あなたは彼女が、酒を飲んではからむ癖があるというふうに取ったかもしれませんが、彼女は酒に酔うと、好きな人に甘えたくなって、過去の経験を話したんです。根が純粋で嘘のいえない人だからです。……あなたは彼女に、一緒に暮らしたいといったし、手紙にも書いています。しかしそれは本心ではなかったでしょう。もしも一緒になったとしたら、お母さんが健在でいることも分かってしまいます。本多さんの決定的な嘘は、槍ヶ岳直下の坊主岩小屋に置いた手紙です。あの手紙は、恋人に失望して自殺をはかるという偽装だった。冬山に近い十月、あのような手紙を置いて消息を絶てば、たいていの人は自殺を信じるでしょう。……あなたには自殺を偽装する理由があった。それは西尾文比古さんを山で殺害することだった。長年にわたって積み重なった恨みの根を、一挙に断ち切ろうとした。それには殺すしかないと考えた。……あなたは現在も、美和さんの子供なんです。お母さんが好きで、哀れで、みじめでならなかったにちがいありません」

本多は顔を伏せると、唇を噛んだ。握った拳が震えていた。それを隠すように、腕組みをしたり、膝をさすったりした。

「あなたは、槍沢ロッジに実名で泊まったことと、坊主岩小屋に置き手紙をしたことを、いまは後悔しているんじゃありませんか。置き手紙をするなら、べつな山にすべきだったと。嘘や作りごとには瑕疵《かし》があるものです。……私は西尾さんの経歴や、住まいを転々とした理由を考えているうち、あなたの過去を知りたくなりました。あなたの少年時代を知ると、西尾さんが各地を転々とした理由が分かってきました。あなたは西尾さんが嫌いだった。西尾さんもあなたを避けたかった。……私の推測は間違っていますか？」

本多は三十分ばかり口をつぐんでいた。台所へ立っては、水を飲んだ。紫門に対してなにをいおうか、自分のやってきたことをどう話そうか、迷っているようだった。

紫門の胸ポケットで電話が鳴った。

本多は立ったまま、ぎくりとした目を紫門の胸に向けた。

相手は小室主任だった。

「いま話せるか？」

「どうぞ」

紫門は答えた。

「いま、どこにいる？　刑事課が君の居場所を教えろといって、うるさいんだ」

「いま、本多良則さんに会っています」

「なにっ、本多に……」

「愛知県春日井市のご自宅です」

もう一時間もしたら連絡を入れる、といってボタンを押した。

本多は紫門の前へもどった。カーテンのほうを向いてタバコを吸いおえると、姿勢を正した。

八章　白銀の傾斜

1

いまの電話は豊科署からだ、と紫門がいうと、本多は別人になったような顔をし、正座すると両膝を摑んで頭を下げた。それまでの彼の頭の中には激しい波が起こっていたようだ。紫門と小室の短い電話のやり取りをきいて、気持ちがかえって落ち着いたようである。

「お話しします」というように、本多はもう一度頭を下げた。

「両親の離婚は、私が七歳のときでした。私が何歳のときだったかは、ずっとあとで知ったことでした。母がいなくなった家の中は、闇の中に冷たい風が吹いているようでした」

――だが七歳の本多は父の徳次に対して、母のもとへ行きたいといえなかった。彼がめそめそすると、父に怒鳴りつけられた。初めから母はいなかったものと思えという意味のことを父はいった。

母が家を出て行ってどのぐらいの日数が過ぎたのか覚えていないが、ある日、授業が終わって校門を出ると、母が立っていた。母は彼を物陰へ呼び寄せると抱きしめた。母は、健康状態はどうかとか、困ることはないかときいたような気がする。

母は、自分が住んでいるところまでの道順を紙に書き、会いたくなったらくるようにといった。父には黙ってくるようにともいった。

彼は何日かして、地図を頼りに母を訪ねた。

『あなたと一緒になにか食べたいけど、そうすると家でお夕飯を食べられなくなるから、なにも上げないのよ』母はそんなことをいった。

彼は、月に二回ぐらいのわりで母を訪ね、一時間ぐらいいては家に帰った。

『毎日のご飯は、お手伝いさんが作ってくれるの？』母はきいた。

母が出て行った直後は、通いのお手伝いがいたが、何日もしないうちに若い女性が家に入った。『それは、どういう女の人なの？』母には気になることのようだった。

『蕗子さんという人』と、彼は答え、彼女が若いことや容姿を説明し、住み込んでいることも話した。

母は口元を歪《ゆが》め、『あなたによくしてくれるの？』ときいた。

彼はうなずいた。蕗子の料理は美味で、母よりも手ぎわがよく見えた。父にも彼にもよく気を遣っているようだった。

三年ほどしてからか、母が転居した。本多はそこへも訪ねた。以前の住まいとは部屋の中のようすが変わっていた。彼は夜間に母を訪ねた。すると母よりも若く見える男があぐらをかいてタバコを吸っていた。

母は細い声で、本多に男を紹介した。が、男はぷいと横を向き、彼の顔をまともに見なかった。その男が西尾文比古だった。『嫌な男だ』本多はこのときにそう感じた。その印象はそれからもずっと変わらなかった。

本多が中学のとき、父が死んだ。葬儀に母がやってきたが、本多は彼女の姿をちらっと見ただけだった。

葬儀のあと、母は本多を引き取りたいと、蕗子と話し合ったことを、学校から帰って知った。蕗子は、どうするかと彼にきいた。母独りなら本多は母のもとへ行ったろうが、西尾がいることを思うと、その気になれず、断わった。蕗子を姉のように思う気持ちもあったからでもある。

父の死後、蕗子は本多にとって姉であり、友だちだった。彼女は彼をたびたびハイキングに連れて行ってくれた。高校生になると、蕗子とともに山にも登った。彼は彼女の汗の匂いが好きになった。

しかしある日から、蕗子の外出が増えた。毎夜のように出かけることもあった。彼女に好きな男ができたのを本多は知った。が、彼はそのことを母には話さず、『ぼくのことをよくしてくれる』といっていた。

蕗子はよく電話を掛けるようになったし、男からも掛かってきた。家事の手を抜くようなことはなかったが、本多の夕飯を作っては外出し、真夜中に帰ってくることが多かった。彼をハイキングや山登りに連れ出さなくなった。ときに母親のようにも見えた彼女だったが、恋をすると豹変《ひょうへん》した。夜が訪れると、女になって男に会いに出かけた。本多にとっては、もう母でも姉でも、友だちでもなくなった。男のために口紅を塗り、恋の衣裳を身にまとった他人の女だった。

たしか高校三年のときだった。母が静岡県浜松市へ転居した。それをきいたのは突然だった。引っ越して一か月ぐらいしたころ、彼は母を訪ねた。西尾がいて、本多を姿を見ると横を向き、『いないよ』とだけいった。母は買い物に出かけていたのだった。彼は外で冷たい雨に濡れて母の帰りを待っていた。

高校で教諭から、『大学へ進学するのだろ?』ときかれたとき、彼は言下《げんか》に、『就職します』と答えた。早く独立したかったのだ。

蕗子の失恋を彼は知った。彼女は落ちこんで頭を抱えたり、胸に手を当てて、溜息をついていた。しばらく外出しなかったが、そう何か月もしないうちにべつの恋人ができたらしく、また口紅を塗って外出しはじめた。本多は蕗子を、家から追い出したいと思うようになったが、それをいい出せずにいた。

彼は印刷会社に就職した。そこでは書籍を刷っていた。彼には製本されていない小説を読む習慣がついた。面白い小説を読むことで、母と西尾のことも、蕗子のことも忘れられた。

彼は、印刷会社の取引先に勤めていた竹子と知り合って、好きになった。温和な人柄で、いつも彼の話に耳を傾ける女性だった。約一年間交際して、結婚したいと彼がいうと、彼女はうなずいて手を固く握った。

竹子と二人きりで式を挙げる日取りを決めてから、本多は蕗子に結婚することを話した。『良則さん。おめでとう』彼女は自分のことのように喜んだ。彼は笑わなかった。この家を処分し、自分も出て行くが、蕗子にも出て行ってもらいたいと宣言した。

彼女は一瞬、凍ったような顔をしたが、『そうよね。あんたとわたしは、母子でも姉弟《きょうだい》でもないもんね』といって、涙の粒をためた。

土地と家の買い手はすぐについた。

蕗子は引越し先を見つけた。本多は彼女に、引越し代ぐらいしか渡さなかった。土地と家がいくらで売れたかを彼女は知っていたから、本多の出した金額の少なさに驚いたようだった。

本多は、家を売った金の一部を母に与えた。『あなたにこんなことをしてもらえるなんて、夢にも思わなかったわ』と母はいって、涙をこぼした。金をもらったことを、西尾には話さず、大切に使ってもらいたいと、本多はいった。

本多と竹子が結婚して十年ほどたったとき、母と西尾は名古屋市へ移った。二か月に一度ぐらい本多が母に会いにくるのを、西尾は嫌がり、東京から遠く離れればこなくなるだろうと考えているようだった。

二人は、名古屋市に二年ばかりいて、東大阪市へ移った。当然だが西尾は勤務先を変えた。

本多は小規模な印刷所を経営したが、四年前、竹子がからだの異常をうったえた。がんであることが分かった。医師は一年ともたないだろうと、本多に告げた。それをきいて二か月後に、彼は印刷所を廃業し、竹子の付き添いに専念することにした。医師の診断は的中した。竹子は日に日に瘦せ、入退院を繰り返したが、その年の初秋に死亡した。

かつて本多を引き取って育てたいといった母を、今度は彼が引き取りたいと考えた。それを彼女に伝えたのだが、西尾が強く反対したことを母からきいた。ひょっとしたら西尾は、母がまとまった金を持っていることを知り、それを当てにしているのではないかと、本多は疑った。それを母に話すと、『うすうすは知っているみたい。でも、わたしのお金を使うような人じゃないわ』といった。しかし先のことは分からない。母は確実に歳を重ねている。あるとき西尾は母に、金を貸せといいそうな気がした。

本多のこの読みははずれていなかった。彼が母を引き取りたいといって半年ぐらいしてからだった。彼が東大阪市の母の住まいを訪ねると、彼女は暗い顔をしていた。どうしたのかと尋ねると、西尾に金を取られたといった。

ある夜、西尾は母に、じつはある人から金を借りていた。返済を迫られているが返せるメドがつかなくて困っていると泣きごとをいった。金をなにに使ったのかときくと、ずっと前からの借金だったといった。

母は百万円出すことにした。西尾は、『どんなことがあってもお前を手放すようなことをしない』と、機嫌をよくした。

それから約一か月後、胸騒ぎを覚えた母は、銀行へ行って通帳を機械に入れてみた。四百万円がカードで引き出されていた。西尾は彼女の預金通帳の暗証番号を知っていたのだった。当然のことながら、彼女は西尾を問い詰めた。彼は、知人に一時貸したものですぐに返してもらえる。『夫婦じゃないか。ぐずぐずいうなよ』といった。

本多は西尾に会って、母の金をなにに使ったのかきいてみるといった。母は、『それだけはやめてちょうだい。あなたがきいたところで、あの人は答えっこないんだから』と、手を合わせた。

一昨年の四月のことだった。母から本多に電話があり、近日中に転居すると涙声でいった。彼は母の身辺に異変のあったことを感じ取り、東大阪へ出向いた。母は部屋の中央にぽつんとすわっていた。

何日か前の夜、自分の外出中に西尾が寝具と身のまわりの物を持って出て行ったという。行き先は不明だと、細い声でいった。

彼は母に、西尾の最近のようすをきいた。すると西尾は二、三か月前からスーパーマーケットに勤めている女性と親しくしているのを知っていたといった。近所のある人が、母に耳打ちしてくれたのだが、彼女はそれを西尾に一言もいわずにいた。まさか黙って出て行くとは思っていなかったという。

母に告げ口した人は、女性の名も、どこのスーパーマーケットに勤めているのかも知っていた。

西尾は母を棄てたのだった。しかも金を奪ってだ。西尾には、浜松市にいたころも好きになった女性がいたことを母は知っていたという。

本多の頭に火がついた。許しておけなくなった。子供のころのことが蘇《よみがえ》った。本多が母を訪ねると、西尾は、ぷいと横を向いた。『いないよ』と、一言母のことをいったこともあった。冷たい雨の降る日、本多は外で母が帰宅するのを待っていたこともあった。

本多は、母の古いタンスの上を仰いだ。そこにはいつも赤茶色をした木彫りのだるまが置いてあったのだが、それがない。木彫りのだるまは、本多が二十歳のとき、初めて訪れた飛騨高山で買った物だった。彼は同じ物を二つ買い、一つは自分が持ち、一つは母に贈った。

　これを贈ったとき、母は喜んだ。『ぼくも同じものを持っているよ』というと、母は、『いつまでも大切にするからね』といって、瞳を光らせた。

　本多は、一刀彫りのだるまを自分の机の上に置いていた。母と同じ物を持っているという実感があった。

　そのだるまが、母のタンスの上から消えていた。『なぜないのか?』と、彼は母に質《ただ》した。『西尾が、縁起が悪いといって、捨ててしまったの』母は顔を伏せた。

　それをきいて本多の頭はますます熱くなった。目の裡に雷光《らいこう》がきらめいた。

　本多は、西尾が親しくしているらしい磯脇という女性のようすを、彼女の勤務先へ見に行った。彼女は情報どおりスーパーマーケットのレジ係だった。

　彼は彼女を見張ることにした。彼女の帰宅を尾けて住所を確かめた。三日後、彼女は電車で奈良方面へ向かった。それを尾けると、奈良市内のアパートに入った。彼女はドアの鍵を持っていたのだ。アパートのその部屋には表札は出ていなかった。

　本多は物陰からアパートのその部屋の出入り口をにらんでいた。夕方になった。女性は近くの店で買い物をし、アパートへもどった。窓に電灯がついた。三十分ほどすると男がやってきた。西尾だった。本多はつかみかかりたい衝動を抑えた。アパートは西尾の住まいだった。磯脇という女性はときどきそこを訪ねているにちがいなかった。

2

——口を囲むように髭を伸ばした本多は、何か月かおきに西尾のようすを見に奈良市のアパートへ行った。近くの物陰に身を寄せたり、ときにはレンタカーの中から西尾を監視した。磯脇という女性が同居していることが分かった。西尾は彼女を好きになったから美和を棄てて逃げた。磯脇という女性と一緒になりたかったからだ。三十年あまりも美和と一緒に暮らし、彼女の持っていた金を使い、美和と本多の母子の絆《きずな》でもあった木彫りのだるまを捨て、そのうえ逃げ出した。金は女に使ったものにちがいないと本多は想像した。

本多は西尾の勤務先を突きとめた。花松木材だった。

西尾が会社の帰りに、同僚と大衆的な居酒屋に入るところを見たこともあった。

一方、磯脇も勤めていた。彼女は女房気取りで、勤め帰りに食材を買ってきた。まるで平穏な家庭生活を楽しんでいるようだった。

西尾は三十年あまりも美和と夫婦同然の暮らしをしてきながら、話し合いもせずに逃げ出してきた男である。そういう男と暮らしている磯脇という女性も、世間の規範に沿っていけない人間にちがいないと、本多は判断した。

　去年の十月初旬、西尾の勤務帰りを尾行していると、彼は奈良市内のスポーツ用品店へ寄った。なにを買うのかに本多は興味を持った。西尾は登山用品売場に立った。本多は以前、母から西尾には登山の趣味があり、ときどき単独で山へ出かけているという話をきいていた。彼は写真も好きで、高級カメラを持っていることもきいていた。西尾は、美和と暮らしていたところを逃げ出したとき、カメラを忘れずに持ち出しただろうと思った。

　登山用品売場で西尾が買った物は、最近評判になっている、薄くて軽くて保温性のある下着だった。「近日中に山に登る」と、本多は直感した。登山用品売場には、天井からウエアがいくつも吊り下げられていた。それを利用して彼は西尾に見つからないように接近し、ウエアを手に取って見ているふりをした。彼は髭を濃く伸ばし、メガネを掛けている。西尾と面と向かっても誰なのか分かるまいという自信があった。

　西尾は男の店員と顔なじみのように会話した。店員にいつどこへ登るのかときかれたらしかった。『十月十三日に出発する』と、西尾は笑顔で答えた。店員は、冬山の装備が必要だとアドバイスした。西尾はどうやら北アルプスへ登るようだった。

　西尾は紙袋を提げてスポーツ用品店を出ると、近くの写真店でフィルムを五、六本買って帰宅した。

本多は、「十月十三日」とメモに書いた。

彼は東京へ帰った。十月十一日夜である。銀座の亜紀子の店へ寄り、一時間ほどいて腰を上げた。

『あら、お帰りになるの？』亜紀子は怪訝《けげん》そうな顔をした。彼はそこへ行くたびに、店がハネるまで飲んでいて、タクシーで彼女を自宅近くまで送るのが習慣になっていたからである。『あすの朝、早く起きなくてはならないから、今夜は……』そういって店を出ると、見送る彼女は、『気をつけてね』といった。ドアの閉まる音をきいて二、三歩歩いてから、彼女の店を振り返り、胸の前で手を合わせた。彼女への別れの挨拶だった。店へもどり、もう一度、彼女の顔をよく見るか、手を握りたかったが、唇を噛んで踵《きびす》を返した。路地の角で振り返った。亜紀子の店の灯がにじんでいた。

帰宅すると本多は、登山装備をととのえ、二つの大型バッグに詰めた。翌日、奈良へ出かけた。

西尾の住むアパートを見張っていると、午後四時半ごろ、磯脇が買い物袋を提げて帰ってきた。

二時間後、西尾が帰宅した。窓から洩れている灯は暖かそうに見えた。二人は、美和がどうしているかを考えたり、話題にしたことがあるのだろうかと思った。

風が出てきて、近くの森を騒がせた。本多は子供のころ、母に会いに行くと、西尾がいて、くわえタバコで、『いないよ』と、本多を拒むようないいかたをした日を思い出した。彼は奥歯が割れるほど強く噛んでいたものだった。

十月十三日朝、磯脇はいつものように出勤したが、西尾は姿を見せなかった。会社を休むのかと思っていたら、昼少し前、ブルーの大型ザックを背負ってアパートを出てきた。ザックには黒いシャフトのピッケルが結《ゆわ》えつけられていた。

西尾は京都から新幹線で名古屋へ行き、中央本線の特急で松本に着いた。北アルプス山行は間違いない、と本多は確信した。

西尾は駅の近くのビジネスホテルに入った。あす入山する彼は、穂高か、槍か、それとも蝶《ちょう》か常念に登るのだろうか。

本多は近くのべつのホテルを取って、あすの朝にそなえた。

次の朝、西尾は七時前にホテルを出てきた。電車とバスを乗り継いで上高地に着いた。バスターミナル横のベンチに腰を下ろすと、タバコに火をつけ、缶ジュースを飲んだ。稜線の白い穂高を仰ぐ彼の顔は晴ればれとはしていなかった。頭上の蒼空とは異なって曇った表情をしていた。この先の山中でやがて起こる事態を、予見しているようでもあった。

十分ほど休むと、彼は時計を見てザックを背負い上げた。

本多はそれを尾けた。常に五〇メートルほどあいだをあけることにした。

西尾は明神でザックを下ろした。暑くなったとみえ、シャツの腕をめくった。ザックからカメラを取り出して首に吊った。

明神でも徳沢でも十分ぐらい休んだ。じっと観察していると、休みかたも歩きかたも心得ているようだった。梓川左岸のこの道にも馴れているように見えた。かつて穂高や槍に登ったことがあるらしい。

本多はカツラの木陰に身を寄せていた。西尾は草原をカメラに収めた。本多を撮ったのではないかと、ひやりとした。彼は口の周りに髭を生やして、メガネを掛けている。面と向かったとしても西尾には本多だと分からないのではないかと思っている。

西尾は何度か梓川越えに望む山を撮りながら、午後一時過ぎに横尾山荘に着いた。ザックを下ろすと、カウンターの宿泊カードに記入し、山荘の従業員と二言三言話してから階段を昇った。

本多はすぐにカウンターに近づいた。そこには宿泊を申し込んだ客のカードが並んでいた。たったいま西尾の記入したカードを読んだ。明日の行動予定は槍ヶ岳と書いてあった。

本多はこの山小屋に泊まるかどうしたものかを迷ったが、食堂で西尾と顔が合う危険を考え、べつの山小屋に泊まることを決めた。

彼は槍沢を登った。さっきまでと違って前を行く者に歩調を合わせる必要がなかった。

横尾から二時間かけて槍沢ロッジに着いた。明朝、この近くで槍沢を登ってくる西尾を待ち伏せすることにした。

夕食のあと、昨夜から考えていたものを書くことにした。それは来宮亜綺子に宛てる手紙である。書いているうちに、彼女に会いたいという感情がつのり、電話で声をききたくなった。が、彼女の声をきいたら、明日か明後日《あさって》に実行することの決意が鈍《にぶ》りそうな気がした。

薄暗い電灯の下で手紙を書きおえた。これをどうやって彼女の掌に落とすかを考えた。封筒に入れ、ウイスキーのボトルの入っていた茶色の袋に収めて、ザックのポケットに押し込んだ。明日か明後日に実行しようとしていることが不首尾に終わったら、この手紙は出さないことにした。

沢音が高くなったり、遠のいたりした。亜綺子の白い顔が浮かんだ。かたちのよい顎の曲線と、肌の感触が蘇って、彼を寝させなかった。一睡もしないまま夜が明けた。横尾山荘を出発した西尾は、二時間近くかけてここを通過するはずである。

本多は、槍ヶ岳へ向かう四人パーティーとともに山小屋を出ると、木立ちの中に身をひそませた。ダウンジャケットを着、首にマフラーを巻いてうずくまった。横尾を早発ちしてきたらしい登山者が通るようになった。彼はその人たちに目を凝らした。

予想していたころに西尾の姿が木《こ》の間隠《まがく》れに見えはじめた。彼は山小屋の横で十数分休んだ。灰を撒《ま》いたような色の空に蒼空がのぞくようになった。風が枝を揺すって黄色の葉を散らした。本多の背中で沢が鳴っていた。

西尾がザックを背負うと、本多は五、六〇メートルあとを追った。いったんは好天の兆しを見せたが、山が暗くなった。降りだすとしたら雪だろうと思った。

槍ヶ岳へ登るために、殺生ヒュッテか槍ヶ岳山荘に向かうものと予想していた西尾だったが、本多の予想を嗤《あざわら》うかのように、進路を変えた。天狗原のほうへ登りはじめたのだった。西尾は三、四十分登ると、今度は登山コースを右にはずれた。

大岩の脇にザックを下ろすと、カメラを袈裟懸《けさが》けにして岩に攀《よ》じ登《のぼ》った。撮影が目的だったことが分かった。

周りには人影はまったくない。赤茶色の荒涼とした山肌に黒い岩がゴロゴロと露出している。岩陰には新雪がかたまって、その小さな粒が風に吹かれて震えていた。この寒ざむとした風景を、西尾は自分のものにするために、さかんにシャッターを切っていた。

本多は、岩陰を利用してじりじりと大岩に接近した。大岩の北側は雪渓だった。雪渓では雪の粒が滑るように流れていた。

西尾はカメラを袈裟懸けにすると、後ろ向きに岩を下りた。

本多はそれを待ちかまえていた。彼は黒い岩片を拾った。西尾は腹で滑って岩から下り立った。本多は背後から西尾の頭に岩片で一撃を加えた。西尾は短い叫び声を発し、頭を抱えて雪の上に倒れた。足をバタバタさせて二、三転したが、意識を失ってか動かなくなった。

本多は近くにしゃがんで、西尾をじっと見つめていた。動く気配がない。このままにしておけば、西尾は確実に凍死する。

三十分ほど待って、西尾の呼吸を確かめた。事切れているようだった。腹を蹴ってみた。声も出さないし、動きもしなかった。雪を握って顔の上に押しつけた。雪の玉は動かなかった
西尾のカメラを自分のザックに押し込んだ。ザックに手を入れてフィルムを奪った。ザックの雨蓋《あまぶた》に入っていた名札も奪った。ここは登山者の入り込むところではない。何年経過しても西尾は発見されそうもないと思った。

本多は槍沢へ引き返し、槍ヶ岳を向いて登った。風にのって小雪がちらついた。登山者は空模様を見て山小屋に入ったらしく、一つのパーティーにしか出会わなかった。

本多は坊主岩小屋へくぐり込んだ。たちまち日が暮れた。コンロを出して暖を取った。ザックに寄りかかった。父のこと、母のこと、蕗子のことが頭に浮かんだ。四十

五歳にして自分の人生に幕が下りるような気がした。ボトルに口をつけてウイスキーを飲んだ。腹を焦がすような味がした。三十数年間も恨みとおした西尾が、この世から消えたのを思うと、張りつめてきたものが抜き取られたようで、からだがだるく、立ち上がれなかった。ここで眠れば死ぬだろうと思った。

酒の酔いがまわってきた。ザックを抱いて横になった。しばらくして人声をきいた気がして目を開けた。誰もいないのだが、耳もとでは女がさかんに喋っていた。それは亜綺子だった。彼女は幼いころの父のことや、母のことを話していた。酒を飲んで上体を揺らしながら、『わたしの話を、ちゃんときいて』といった。彼女が一息つくと、今度は本多が、子供のとき母に会いに行った思い出を語った。彼にとって最も忍耐が要ったのは、高校生のときだった。それまで、あるときは母親のように、あるときは姉のようになって、彼から離れることのなかった蕗子が、豹変した。恋をしたのだった。

彼女の恋は激しかった。それまで抑えていたものが噴き出したように、真っ赤《まっか》に燃えて家を出て行った。本多の存在を忘れ、振り向きもせずに出て行き、真夜中、溜息をついて帰ってきた。彼女のいないあいだ、彼は小さな物音をきいても、枕から頭を上げた。彼女が帰ってきたのかと思ったのだ。それほど彼は、彼女が一分でも早く帰ってくるのを待っていた。

夜ごと、待ちこがれる気持ちは、やがて彼女を恨む気持ちに変わった。彼女に裏切られたという思いが増し、彼女の作った食事に手をつけない日もあった。

彼が思い出を語りはじめると、亜綺子の姿が消えた。彼は夢と現実の狭間《はざま》で、亜綺子を呼んでいた——。

3

紫門は本多に自首を促した。

本多はうなずいた。

「もう一度いいます。来宮さんに会わなくていいですか？」

紫門は本多の目の奥をのぞいた。

本多は首を横に振った。彼女に会ってしまったら、自首の決心が鈍るというのだろうか。

もしも本多がここから逃げ出したとしても、彼の罪は消えるものではない。それを亜綺子が知ったら、彼を卑怯な人間とみるようになるだろう。

紫門は本多の眼の前で、小室主任に電話した。

「愛知県警に連絡した。すでにうちの署から刑事が春日井市に向かって発った。近くに着いたら君に連絡がある。君は危険な状態に立たされているんじゃないだろうな?」

小室がきいた。

「いいえ。二人で話し合っています」

「間もなくそこの所轄署員が到着するはずだ。それまでそこにいてくれ。くれぐれも注意を怠らないように」

十数分すると、ドアにノックがあった。所轄署員がやってきたのだった。

本多は、身のまわりの物を持つと、警察の車に乗せられた。

参考人として紫門も署へ行くためにべつの車に乗った。

署に着くと、本多は取調室に入れられた。

やがて豊科署の刑事から電話が入った。紫門と顔見知りの二人の刑事が署へやってきた。


紫門が東京へ着いたのは午後十一時近くだった。亜綺子の自宅へ電話したが、応答がなかった。もしやと思い、銀座の「バーあき」へ掛けた。

「あきでございます」

亜綺子が明るい声で応じた。

「やはり再開なさるんですね」

紫門はいった。

あすから再開することにしたので、今夜はその準備にきていたのだと彼女はいった。寄っていいかときくと、彼女はぜひきていただきたいと弾《はず》んだ声でいった。

「バーあき」の看板には灯はついていなかったが、ドアの透《す》き間《ま》から洩れている光が路地に条《すじ》を引いていた。

ウイスキーのボトルの並んだ棚に、木彫りのだるまが置かれていた。

亜綺子はカウンターの中にいた。黒いジャケットに赤いシャツだった。淡い照明を受け、彼女の白い顔だけが宙に浮かんでいるようだった。

彼女は馴れた手つきで、二つのグラスに氷を落とすと、ウイスキーを注いだ。氷がはぜた。

よくきてくれました、と彼女はいって微笑した。いままで見てきた彼女とは別人のように、いきいきしている。

「今夜は特別な用事できました」

「なんでしょう?」

彼女の顔から笑いが消えた。

彼は喉を濡らすように一口飲んだ。

「本多良則さんに会ってきました」

「えっ……」

亜綺子は、顎の下で手を組み合わせた。淡い照明が彼女の目に反射した。見る見るうちに涙をためた。

本多の犯罪はあすにも報道されるだろう。彼女の目にも触れるだろう。今夜、紫門の口から話しておいたほうがよいだろうと思った。

彼は、本多が槍ヶ岳に登り、坊主岩小屋に亜綺子宛の手紙を置いた理由を話した。

黙ってきいている彼女の顔が、蒼みをおびてきたように見えた。

彼女は自分のグラスにウイスキーを足した。カウンターを回ってきて、紫門の横に腰掛けた。

「本多さんのお母さんは、彼が山でやったことを知っているんでしょうか？」

亜綺子は、泣いたあとのような声でいった。

「本多さんは話していないそうです。しかし東京にいた彼が春日井市に移ったり、以前のように仕事をしているようすがないことを、美和さんは感じ取っているんじゃないでしょうか。まさか西尾さんをこの世から抹殺したことまでは想像していないでしょうが、彼の生活に大きな変化が生じたことぐらいは知っているでしょう」

「彼は、やつれていましたか？」

「口の周りに髭を生やしていましたが、疲れているように見えました。……彼は美和さんの暮らしを援《たす》けているようです。現在彼女は元気ですが、もしも亡くなったら、彼は自首するつもりだったような気がします。そうでなかったら、警察官でもない私に、生い立ちから犯行までを、詳しくは話さなかったでしょう」

亜綺子は、自分のグラスにウイスキーを注いだ。

「わたしは彼にとって必要な女ではなかったのを、あらためて知りました」

なぜかと、紫門はきいた。

「わたしはいつも、自分のことだけを話して、彼の話をきいてあげなかったような気がします。彼は、親しくなったわたしに、話したいことがたくさんあったにちがいありません。彼の話をきいてあげていれば、子供のころの胸のつかえも、悔しさも、妬《ねた》みも、恨みも話したのではないでしょうか。あの人がこんな重大な間違いを犯すのだったら、わたしは、気儘な生活や仕事を捨てても、あの人と一緒になればよかった。『一緒になりたい』と彼がいったとき、なれるわけがない、と突き放したりしないで、もう少し待って、といって、自分のことも彼のことも話し合っていれば、彼は思いつめたりはしなかったような気がします。……彼は手紙に、わたしに疎まれた、と書いて、『山で生命の火を消す』といっていますが、世間とわたしを欺《あざむ》いたのではなくて、本心だったと思います。……わたしは彼に対して思《おも》い遣《や》りが足りませんでした。彼を好きだったのですから、胸に飛び込んで、胸のつかえを一緒に分かち合えば、少なくとも子供のころの残り火を消すことには役立ったでしょう。……わたしにも、悔しさや、恨みはありましたが、それをきいてくれる彼がいたから、傷口は少しずつ癒《い》えていきました。それなのに、わたしは……」

亜綺子は両手でグラスを包んだ。俯いて目を瞑った。無造作《むぞうさ》に束ねた髪が、音をたてるように前に垂れた。

「本多さんに会えるときがきたら、会いに行きますか？」

「どこへでも行きます。それから……」

「それから？」

「いつまでも彼を待ちます。この店は、彼を待つためにやり直したのです。これから何年やっていけるか分かりませんが、店をやめても、彼を待ちつづけます。彼のような人には、会ったことありませんでしたし、これからも出会うことはないでしょう」

彼女は、紫門の酒が減っているのに気づいて、グラスに氷を落とし、ウイスキーを満たした。

午前一時を過ぎたが、彼女は時間のたつのを忘れたように、自分のグラスにも酒を注いだ。

酔いがまわってきているはずなのに、彼女の口調は乱れなかった。紫門はその横顔をしばらく見ていた。胸の中を開いて見せるように話す彼女は、美しくて健気《けなげ》である。

気取りがなく、童女のように清らかでもあった。

三也子には翌日、きのうまでの経過を電話で話した。亜綺子に話したことも伝えた。

「これから来宮さんは、本多さんに会える日を、毎日待つようになると思うわ。本多さんは、生きていたんですもの」

彼女は涙ぐんでいるようないいかたをした。

紫門は豊科署へ帰った。本多良則は連行されてきて、取調べに応じているということだった。

「二、三日中に現場検証が行なわれるはずだ。そのときは、君も槍ヶ岳へ刑事に同行してくれ」

小室がいった。

北アルプスには何度も降雪があったが、今年は例年より積雪がずっと少ないという。

紫門は、槍ヶ岳の全容が間近に見える殺人現場を頭に浮かべた。いまはたぶん白銀の斜面だろう。

窓辺に立つと、髪の白い女性が署を出て行くのが見えた。その女性に彼は、辻岡美和の姿を重ねた。彼女は報道で、息子の犯罪を知ったろうか。

本書は二〇〇三年四月に光文社より刊行された『槍ヶ岳幻の追跡』を改題し、大幅に加筆・修正した作品です。

なお本作品はフィクションであり、実在の個人・団体などとは一切関係がありません。

文芸社文庫

槍ヶ岳 殺人山行

二〇一七年十二月十五日　初版第一刷発行

著　者　梓林太郎
発行者　瓜谷綱延
発行所　株式会社　文芸社
〒一六〇-〇〇二二
東京都新宿区新宿一-一〇-一
電話　〇三-五三六九-三〇六〇（代表）
〇三-五三六九-二二九九（販売）
印刷所　図書印刷株式会社
装幀者　三村淳

ISBN978-4-286-19349-6

贅沢なキスをしよう。
中谷彰宏

いいエッチをしていると、ふだんが「いい表情」に。「快感で人は生まれ変われる」その具体例をあげて、心を開くだけで、感じられるヒント満載！

全力で、1ミリ進もう。
中谷彰宏

失敗は、いくらしてもいいのです。やってはいけないことは、失望です。過去にとらわれず、未来から今を生きる——勇気が生まれるコトバが満載。

フェイスブック・ツイッター時代に使いたくなる「孫子の兵法」
村上隆英監修　安恒　理

古代中国で誕生した兵法書『孫子』は現代のビジネス現場で十分に活用できる。2500年間うけつがれてきた、情報の活かし方で、差をつけよう！

「長生き」が地球を滅ぼす
本川達雄

生物学的時間。この新しい時間で現代社会をとらえると、少子化、高齢化、エネルギー問題等が解消される——？　人類の時間観を覆す画期的生物論。

放射性物質から身を守る食品
伊藤　翠

福島第一原発事故はチェルノブイリと同じレベル7に。長崎被ばく医師の体験からも証明された「食養学」の効用。内部被ばくを防ぐ処方箋！